살아서 나누는
소소함이 좋다

살아서 나누는
소소함이 좋다

ⓒ 이경석, 2023

초판 1쇄 발행 2023년 2월 28일

지은이   이경석
펴낸이   이기봉
편집   좋은땅 편집팀
펴낸곳   도서출판 좋은땅
주소   서울특별시 마포구 양화로12길 26 지월드빌딩 (서교동 395-7)
전화   02)374-8616~7
팩스   02)374-8614
이메일   gworldbook@naver.com
홈페이지 www.g-world.co.kr

ISBN   979-11-388-1684-7 (03810)

살아서 나누는
소소함이 좋다

이경석 지음

좋은땅

서(序)

아무렇지 않게 아무렇게나

아무 생각 없이

무료함이 혹은 작은 틈이 펼쳐진 시간

마구잡이로 집어 들어

그냥 읽다

그래 그런 거지 작은 동감이 차오르고

부질없은 일상사들이

차곡히 아무렇지 않게 스며들어

가벼이

별스러움 없이 편히

공감 어린 작은 미소라도 드리울 수 있다면

더할 나위 없이 좋겠습니다

12월

—

겨울이 참 좋으면 좋겠다

12월 첫날에

한 장이 남았네

여전히 색도 바래지 않았는데

12월이 담긴 새 달력을 걸기엔 껄끄러운데

그래 내버려 둬 늦더라도

더 늦으면 어때서 딱히 뭐

아랫목

이불에 뜨슨 공깃밥 고이 덮어두듯

새 달력을 다시금 말아 넣습니다

이모, 공깃밥 하나 더

외치면 흔하게 얻어지는 달력 하나에

새 날에 대한 새 마음을 넣으며

묵은 장맛을 기대하는지

첫날의 새록새록함을 다지려는지

달력을 꼼꼼히 봅니다

꽉 찼네

서른하나, 삼십일 일, 잘 채워야지

잘 잤지 잘 먹고 잘하자

겨울이다 그래 꽁꽁 여미니 덜 춥네

바람이 없어 그런가

오늘도 요이 땅!

아니 아니 용이(用意) 땅!

용의주도하게 마음 단단히 여미고 출발

12월 1일 (목)

아침 식사

아침을 걸어 둔 냉장고를 엽니다

그다지 먹자 할 것은 없는데

뭘 그리 채워 두었는지

대식가의 위(?)대함도 없으면서

기웃

지샌 밤의 허함인지

밥심으로 하루를 열어야 하는 일념인지

싱크대 찬장 그릇을 꺼내 찬을 담으며

FM 라디오 음악소리 따라 흥얼흥얼

Hey Jude, don't make it bad⋯

밥은 하늘

이름을 지어 명명하듯

밥은 짓는 거여

내면에 가지고 있는 것을

시간과 마음의 공과 열 그리고 성의를 들여

만드는 게 아닌 짓는 거야

시를 짓듯

정성을 들여 지은 밥을 풉니다

오늘, 지금 이 시간 더할 나위 없는 따스한 품

"밥은 먹고 다니냐"

"밥 먹었니?"

"언제 밥 한 끼 해요"

정(情)인 게지

어머니의 품… 하늘의 품인 게지

12월 2일 (금)

겨울바람

힘차게 펄럭이는 바람이 와 있습니다

겨울입네

추울 때는 춥게

추위 속에는 추위가 없다고

때를 맞추지 못하면 없느니만 못하다고

엇박자는 아닐 테고

맞서자니 시린 귓불이 어덜덜

손을 비비며

입김을 불어 손을 덥히며 온기를 느낍니다

그래

불을 지펴야겠지

상수리 잎마저 다 떨어진

무채색 겨울옷이 빠알갛에 물들게

후- 크게 입김을 불어 아궁이 불씨를 켜고

따스하게 가슴을 덥혀

이심전심

마음에서 마음으로

함께함이 뜨뜻하게

얼른

석쇠 꺼내 가래떡 구워 나눠야겠네요

12월 4일 (일)

겨울 길

머물러서 좋을 것이 없는
지나쳐 가도 좋을 바람이 남겨져
힘겹게 겨울 길을 머뭇거리듯 걷는다
사람 몇 없는 거리는
비어 있는 어둠을 무겁게 하고
비워져야 할 마음은 심란함에 멈춰 선다
흐르지 않으면 좋을
시간만이 흘러
발목에 덜그덕거리며
몸서리치도록 겨울이 들어온다
몸 안으로 삶 안으로
어디쯤에선가
한 이불 속에 이 겨울을 품어
어여 낮이 아니 오기를 기다릴까
이때
아, 눈에 들어온
알록달록 뜨개옷 입은 겨울 가로수
한 올 한 올 뜨개질 한 이들의 정성 어린 마음
소복히 온돌의 따스함이 전이된다

으스스 스며든 찬기를 털어내

흐뭇하게 오늘을 껴안는다

타인도 껴안아야지

12월 5일 (월)

눈이 내리네

눈이 내리네

눈이 오네

눈이 온다

첫눈!

고맙고 또 고맙고 예쁘다

서천꽃밭 한락궁이

겨울 꽃씨를 뿌린다

마음 텃밭에 고이 심어

꽃을 피워야지

포근히 따스하게 품고 품어

희망의

사랑의 싹을 띄어야겠지

이, 세상 이 모든 사람들

삼라만상

너그러이, 그래 그런 거야

눈이 덮히듯

덮어 사뿐히 감싸 안고

말없이 눈빛을 던져야지

말해야지… 사랑합니다…라고

12월 6일 (화)

해야, 어서어서

대설: 눈은 보리의 이불이다

눈은 대설과 먼 듯하고

어이할 수 없는 건

내비두더라도

어이해 그리 은근슬쩍 얼었을까

군데군데 도로가

아니 되오

울 엄니 마실 길 넘어지실라

못된 업은 제게 주옵소서

아예 다 얼면 조심으로 무장하려만

해야, 어서어서 중천으로 올라

고루고루 비춰 주옵소서

그늘진 골목에 멈춰 서서 삐끗

살얼음을 염려합니다

늘 있지 않으실 울 엄니

몸성히 계셔야 할 텐데

곁에 있지 못함에

아린 가슴 한켠

겨울나무에 여남은 마른 잎이 흔들거립니다

12월 7일 (수)

살아도

살아도

살아감의 일에는 아직 눈먼 소경이려니

그냥 지 잘난 맛에 살련다

세상천지

그 누굴 탓하랴

허나 내 탓만은 아니려니

업(業)이려니 복이려니

구멍 숭숭 뚫린 까만 연탄이

그 구공탄이 다 타 새하얗게 될 때까지

조심조심 연탄불 꺼트리지 말고

나를 타박했던 타박타박 소리는

불을 담아 온기를 뿜어내고 있음을⋯

이런

연탄가스나 방출하고 있는가

동치미 국물 떠 놔야 하는 건 아닌지

12월 8일 (목)

아침 달

서리 앉은 도로

서쪽 하늘 아침 달을 봅니다

보름을 갓 넘은 발그레한 둥글스러움

스며드는 한기를 뒤로하고

어슴푸레 밝아지는 전경을 꾹 눌러 담습니다

새벽을 여는 마음은

덜컥 겁을 집어먹은 일상의 걱정거리

무력하게 쓸데없이 잡다한 사념을

더 이상 왈가왈부(曰可曰否)할 게 뭐 있냐는 듯

그저

향(香) 내음, 이 아침 향을

아침 빛을

생존의 에너지를 느끼라 합니다

꿋꿋이

오늘도 안녕하시죠

밥은 드셨구요

12월 9일 (금)

그런 사람이고 싶다

슬픈 그늘음이 없는 이가 좋다

온갖 풍파(風波)

대하 드라마 한 편 가지지 않은 사람이 있을까

오욕칠정(五慾七情) 꼭꼭 감추어 드러냄 없이

애써 피워낸 밝은 조각이 드리워진 이

환한 햇살이 여미어 오는 창가에

서 있는 것 같은 얼굴을 한 사람

주름진 애꿋살이 눈가 가득

꽃이 피는 이

나도 덩달아 꽃이 필 것 같아

뜨겁게 존경을 표하며

우악스러운 나무껍질 같은 손을 부여잡고

밝은 통 큰 웃음의 구릿빛 하회탈을 쓰고

함께 덩실덩실 탈춤을 추고 싶다

- 토요일, 턱 빠지는 소리를 하는 걸까 과하게

아직 색이 나려면 옻칠을 해도 해도 부족한데

봄빛 한겨울

싱그럽고 달콤한 딸기가 와 있네

와우 비싸다 그런 말 군더더기 지우고

애쓴 노고에 더없이 감사함으로 덥석

맛나고

진정 감사할 따름이다

다 그 모든 이들의 덕분으로

이리 살아감으로

12월 10일 (토)

일요일, 출근

돌이킬 수 없어
내 옆에 다시 돌려놓을 수 없기에
과거가 과거인
과거일 수밖에 없는 이유일 텐데
돌고 돌아 다시금 되풀이되는
오늘이 어제고 내일이 되어 버린
그런 실수투성이의 나날들
그만 좀 하자 이제
혀를 차며
앗, 늦었다
불린 귀리도 보리도 없군
쌀 한 됫박 아니 한 줌 후다닥 씻어 안치고
계란 풀어 밥 위 살짝 얹어 놓고
계란찜에 흰 쌀밥
뭔 천년만년을 살 것도 아니면서
건강식입네… 웬 잡곡 역시 흰 쌀밥
하긴 이따금씩이기에 그런 거겠지
별식, 가끔이 주는 별스러운 맛
어이 이 사람 출근하시게

잡스러운 푼수 그만두고

스산한 추위와 함께 별스러운 일요일 열려 있네

12월 11일 (일)

두부 트럭

모락모락 김이 오릅니다
두부를 만들어 파는 트럭
딸랑딸랑 종소리까지 있으면 좋은데
이 이른 새벽 한 소동하겠지요
따스운 어묵 국물이 추운 겨울 감성을 담는다면
더움도 시원함도 추위도 다 담은 두부는
물렁물렁한 우유부단의 부드러움으로
사계절을 감싸 안죠
이런 부러움 어찌 저런 포용력을
순두부 아님 그냥 두부 한 모
따끈할 때 간장 양념해서 한 끼
건조한데 지글지글 부침이나 할까
몽실몽실 피어나는 밥 생각
아 참… 돈을 안 가지고 나왔네
이런 난데없는 뜀뛰기를 해야겠네
그만한 수고는 해야지 그럼 그럼
모났는데 모나지 않은
요리의 감초도 메인 요리도 되는
뭐든 되는 두부처럼

나에게 그 누구에게

오늘도 잘 뒤섞여서 가야겠네요

맑은 차가움 청초한 겨울 하늘입니다

12월 12일 (월)

겨울나무

다 털어내

만개한 실가지들이 펼쳐져 하늘을 이고 있다

동맥을 거쳐 정맥으로 이어지는 모세혈관이

막힘없이 자태를 품어낸다

누가 벌거벗어

이리 아름다울 수 있을까

바람이 다독거리고

눈송이 가만히 와서 껴안아 주는데

무엇이 헐벗고 가난하다 하는가

한 잎마저 자연에게 되돌려 주고

차가운 겨울이 매몰차게 몰려와도

안으로 흐르고 흘러 돌고 도는 순환의 섭리

생명을 지켜내 생명체로 살아가는

그 살아내려는 삶

그 자체

아름다운 실핏줄 펼쳐 있다

춥다 하지 마라

떨지 마라

내 안에 뜨거운 붉은 피 흐르니

숨만 쉬고 있는 게 아닌

숨을 쉬고 있는 멋진 생명이므로

12월 14일 (수)

파파 스머프처럼

겨울 한 자락 꽁꽁 얼어

유난히 차가운 날입니다

밤을 넘기어

이불을 이기고 나온 나를 위해

물을 끓입니다

지금은 새벽

안락(安樂)을 위한 따스한 차와 음악

눈이 내릴 거라 합니다

시리다 못해 아려 오는 겨울 하늘의 북두칠성

국자 가득 수북이

쌀밥 퍼 주려고 준비하나요

난, 뭘 준비하나 오늘 하루

내복에 낀 살덩이 채우지 말고

빨간 스키니 바지 그건 아닌 거고

빨간 니트 비니 모자 뒤집어 쓰고

파파 스머프

연륜과 지혜 그리고 자상함을 담아 갈까요

랄라라 랄라라 랄라

실없이 음률을 찾지 못해 피식 웃고 맙니다

음치 가가멜 같으니라구

- 고양이 걸음처럼 사뿐히 눈이 왔으면

좋겠습니다

허나 사납고 거친 아즈라엘과 달리

12월 15일 (목)

라떼타령

아직 구태의연(舊態依然)해서

발바닥에 징하게 냄새가 풍겨야

손마디 굳은살이 박혀야

거친 주름이 잡혀야

독하게 살아가는 풍미를 느낍니다

켕 하고 코를 풀고

허리춤 동여매고

생을 내동댕이치듯 거칠게 뚜벅이며

밭고랑에서 김매기를 하는…

나 때는… 라떼타령한다고 하겠죠

어느 시대인데 아직도, 예전 옛날을

어찌하였건

김매기 싫은 놈 밭고랑만 센다고

하고 또 하고 움직여

오늘 밥값이나 톡톡히 해야겠네요

흰 눈 내려 쌓인다더니

푸근 포근한 하늘

아무것도 아닌 듯해도 내 전부인 일상을 위해

12월 13일 (화)

28

위로

눈 자국이 어수선하게 거리에 남아

횅한 바람을 맞이합니다

나무에 걸린 눈꽃은 사라져

청승맞은 마음 하나 덩그러니 놓여진 길

기대했던 모든 바가

뜻하는 대로 흘러가지는 못해도

좋은 일이 연이어 샐리의 법칙처럼 오지 않아도

세상만사 다 그럭저럭 그려려니 넘기더라도

늘 고픈 건

고래도 춤춘다는 칭찬이었을지 모릅니다

수고했다 고생했다 고맙다

힘들지

"흉은 없어야 아홉 가지"라고

모자람이 많아 타박할 거야 널렸고

잘 풀리지 않을까 조마조마

배 속은 밥으로 채우지 말로는 못 채운다지만

뼛속까지 그리운 건 그래도 말 한마디

배고프네요

이런 식충이

12월 16일 (금)

삶의 작은 그릇

작은 종재기에 담은 마음 하나

바다를 닮지 못해

하늘을 담아 둘 수 없어

큰 그릇이고 싶었지만

마음에 안 드는 건 아닙니다

간장 몇 스푼

고추장 한 스푼 담을 만한 종지

쪼잔하고 소박한 삶의 그릇일지라도

큰 대접인 척하지 않음은

내 작은 그릇에 담아야 할 것들

그 가치에 맞는

나를 받아들이고

나임을 알아 가고픈 거겠죠

얼마나 담을 수 있느냐보다

무엇을 담을 수 있느냐를 생각하며

유수(流水) 같은 시간

토요일이 손짓합니다

쬐잔한 그대 등 좀 펴지 그래

12월 17일 (토)

숨을 죽여야 한다

동장군이 삼킨 도심

적막감에 고요함이 똬리를 틀고

구렁이처럼 기어 나온 차량 몇몇

없는 사람들 사이로 하얀 김을 뿜어냅니다

배추에 소금을 뿌려

숨을 죽여야 되는 김치처럼

양념에 버무려질 때까지

숨을 죽여야 한다

모두들 알고 있다는 듯

차분히 가라앉은 매서운 일요일

더부룩하게 소화불량처럼 걸러진 날들

잘살고 못 사는 인생이 어디 있으랴

그 사람의 생

나의 생

다 내 안으로

내 것으로 발효시켜 숙성하고 있다고

세상 짠맛에 익은 맛스러움을 탐하라 합니다

아삭한 동치미 한 사발이 먹고 싶네요

12월 18일 (일)

미역국이 놓인 아침

알람이 울린다

이미 나의 하루 시작은 한참을 지났고

부랴부랴 알람을 끈다

늘, 알람보다 이른 움직임

일정 시간이 정해진 출근표에

혹시나 하는 마음은 역시나 몸이 먼저다

먹고 삶의 가치의 추(錘)가

직장이란

존재하기 위한

관계의 얽힘과 생활의 무게로 기울어

가끔 지탱의 지팡이가 쓰디쓴 쓴물로 올라오면

오감을 일깨우는 달짝지근한 단물의 충정(忠情)

느려 터진 나무늘보는 도대체 잠이 그리 단 건가

게으름이 아니고 단맛에 길들인 건가

내겐

이리 아침상에 놓인 시간들이

참, 달았고 달다

나의 자유와 꿈, 그냥 이리 산다

불린 검푸른 미역에 어간장을 넣고

마늘 편을 썰어 넣으며

한소끔 끓여 내니 그래 이 맛인 거지

12월 20일 (화)

짧은 낮

설빔 차려입고 종종거리며 엄니와 함께

하얀 논둑길 걷는 꼬마와 강아지

오래된 십이월 달력 풍경

아린 겨울 찬바람에 콧물 눈물 훌쩍이던 날들

낯설지만 익숙한 듯 와 닿는 매서운 추위가

감싸 안은 도심

날이 얼어 해도 얼어 냉랭한 아침 공기

후덜덜 움츠리지만

동짓달 기나긴 밤 한 허리 베어내

님 오신 날 춘풍 이불 속에 펼친다는

옛 여인 황진이의 감성처럼

동지섣달 해는 노루꼬리처럼 짧다는데

짧은 낮 한 허리 묶어 두고

겨울 풍취를 담아 느껴 보면 어떨까요

그릇에 담긴 풍광을 맛보며

호빵 우동 굴칼국수 호떡 붕어빵 부산어묵

동치미 동지팥죽 꽃게탕 동태탕

든든하게 자신을 칭칭 동여매 챙겨 가며

좋으네

추우니 더 멋스럽고 좋구먼

12월 23일 (금)

맹추위

서슬 퍼런 얼음장 칼날을

이 경인년 동짓달 가슴 깊이 담아 두라는 듯

겨울이 각인시키는데

잔뜩 흠칫 움추리자

어이 제 잘났다고 떠도는가

잎 다 떨군 나무는 겨울바람이 부는지 모른다

흔들릴 것이 없다는 듯

꼼짝없이 굳건히 서 있다

허를 찔린 듯 새어 가는 바람이

허둥허둥 창문에 부딪혀 덜컹이면

따스하게 데워지는 집구석

훈훈하게 오붓함을 안고 가 보자

먹고 삶에 매서운 길을 뚫고 가야 한다면

역마살에 몸이 근질거려 갑갑하면

겨울을 좋아할 수밖에 없는

겨울이기에 차가운 겨울왕국 눈사람

싱글거리는 올라프를 찾아

마음 한가득 열기를 찾아

따사로운 온기를 찾아

즐겨 감탄할 일이다

- 맑은 크리스마스이브: 바람이 멈춰 섰다

어느새부터인가

크리스마스 씰이 담긴 카드 한 장 보내지 못했네

12월 24일 (토)

메리 크리스마스

높이 더 높은 곳을 향하여 마천루가 솟고

첨탑은 하늘 높은 데로 임하여 있다

높은 곳이 눈에 보이니

채워져 넘쳐날 때보다

아슬아슬 부족함이 더 익숙해

부유함에

그 넉넉한 여유와 손쉬운 풍족의 기회에

시기도 질투도 부러움도 내지만

실은

실로 우러르고 싶음은

너그러운 사랑으로

풍성함을 겸손으로

나누고 포용하고 싶은 거 아닐까

마음껏 사랑하고 베풀고 싶은 풍요

헌데 그 풍요는 물질이 아닌

사랑하는, 사랑할 수밖에 없는

마음에 더 있지 않을까

사랑과 믿음과 그리고 소망 그중 제일은 사랑

하나님은 사랑이시라

메리 크리스마스

MERRY CHRISTMAS

12월 25일 (일)

창밖을 보라 창밖을 보라

물때인지

이 내 몸의 찌꺼기인지

샤워하다 내친김에

얼룩진 세면대 북북 문질러 닦으며

뭐가 이리 더러운 겨 투덜투덜

그래도 호사인 걸 따슨 물이 이리 잘 나오는데

손 시린 걸레질은 아니지

하다 하다 별 뜬금없는 사족을 달며

익숙한 손놀림에 풋풋거립니다

낯익은 찬 겨울날

창밖을 보라 창밖을 보라 흰 눈이 내린다

창밖을 보라 창밖을 보라 한겨울이 왔다

추운 겨울이 다 가기 전에 마음껏 즐기라

찬 겨울

그래 마음껏 힘껏 즐기라

꿈지럭 꼼지락하지 말고

얼른 썻고 신명 나게, 오늘 하루도

다 사라지기 전에

12월 19일 (월)

동태찌개

이런저런 세상살이에

못나고 여린 팔랑귀를 달고 쫑긋하니

이걸 하라 저걸 하라

있는 자의 이룬 자의 말을 들으면

'자다가도 떡이 생긴다'

떡고물조차 어렵구만

김칫국 실컷 이런 철딱서니 없는 놈

입맛 나는 음식이 툭 하곤 생겨 나오는

아내 말이나

엄마 말이나 잘 들을 걸

알만큼 안다는 듯

건조한 모래바람 일듯

옳다느니 그르다느니 상투 어린 몸짓으로 언어로

울 엄니 파마머리에 푸석한 흰꽃만 얹어 드렸지

끈적한 후회 쓸모없음이야 알지만

울 엄니 주름진 마음은 뭘로 펴 드리나

눈이 수북히 내리네

내년 풍년 들려나

엄니 좋아하는 동태찌개 주문해야겠다

12월 21일 (수)

"줬으면 그만이지"

올곧은 나눔과 베품을 하고 계신
한약방 참어른의 한마디 "줬으면 그만이지"
여전히 온정 마른 추운 나날들
늦은 아침을 들이마십니다
임인년 한 해의 마지막 월요일
이제 여섯 날이 남았네
흐릿한 기억이
사실을 지우고 감정만 남아
뜬구름 잡듯
잘잘못을, 좋고 안 좋고를 논하며
죽은 자식 불알 만지기 하지 말고
'보냈으면, 지나갔으면 그만이지'
바둑판 집이 죽었다고 살린다고
잘그락잘그락 바둑알집 손 굴리는 소리
어허 닫혀지는 문이야 닫힌 문이고
열려질 문을 힘껏 밀어 젖혀야지
찬 공기 가득
하이얀 입김이 차가운 공기를 녹입니다
날이 풀리려나

12월 26일 (월)

눈덩이

길가 한 귀퉁이 쌓여진

몇 날 내리쬔 볕에도 굳건히 자리한 눈덩이들

겨울 내내 남아 있을까요

단단히 자리한 함께한 살아온 정(情)이

저리 마음 한 구석에 남아

아웅다웅 어흥어흥 깨갱 치고박고 하다가도

미운데 넘 미운데 미운 듯 밉지 않은

미련을 마음을 자꾸 잡아당기는 애잔한 사람

생애 내내 남아 같이 가면 좋으련만

딱딱히 굳어 가는 눈 둔덕을 바라봅니다

하이얀 듯 시커먼 듯해도

그래도 눈이라

그리 아름다웠고 아직은 봐줄 만한 남겨진 눈

　　뭔…

눈송이 반짝이는

찬 겨울 볕이 곱네

12월 27일 (화)

겨울빛

차가운 조각 하나 걸린 수요일 아침
흩뿌린 눈송이 내려앉은 길
한 걸음 한 걸음을 가벼이 들어올립니다

도로시: 뇌가 없는데 어찌 말하지
허수아비: 모르겠는데
사람들도 아무 생각 없이 말을 많이 하지 않니?

가지고 있는데도
우울함을 괜한 걱정거리를 안고
오즈의 마법사를 찾아가는 도로시 일행처럼
가진 게
가질 게 그리 많은데
하필
쓸모없는 근심과 욕심을 소유하지 않으려
출근길 신발에 날개를 달아
사뿐히 발걸음을 종종이며
사찰 처마 끝 달린 풍경 소리를 그리며
마음에 입에 중얼중얼 가요 한 곡조 읊조립니다

이쿠…

지나는 사람 눈살 찌푸리겠네

겨울빛 차고 맑은 풍경이 품어 주네요

12월 28일 (수)

김치 있니?

김치 있니? 안부 한마디

냉장고 안에 다 다른 김장김치가 놓여

듬직한 찬거리

그만큼 정을 받은 거겠죠

오는 것이 있으면 가는 게 있어야 하는 법

들기름에 묵은지 썻어 들들 지지며

맛스러운 답가를 한 게 있나

쑥스러움에 쥐구멍을 찾아야 할 듯합니다

세상에 쉽게 잘 변하지 않는

이웃 이웃한 살아감의 정(情)들

얽히고 설켜도

"남이사 뭘 하든"가 아닌

"우리가 남이가"

이 어진 고운 감정

무책임 속 남 탓의 만개함 속에

어지러운 세상사

불안한 일들

너나 잘하세요 친절한 금자씨처럼

복수혈전을 하고 있지는 아니한지

'너' 그래 나 우리

공감(共感)과 동감(同感)

싸락눈이 희끗희끗 얹힌 도심

총각김치 잘 익었네. 아삭 아사삭

아자. 아자자자자 올 해 다 왔네

12월 30일 (금)

심기일전(心機一轉)

주역의 문구 하나

무왕불복(無往不復)

가기만 하고 다시 오지 않는 것은 없다

다시 반복되지 않는 과거는 없다고

다시 겨울이 오고

다시 한 해를 마무리하는 날

오늘이 오겠지

어떤 모습으로 어떤 참회를 하고 있을까

그날이 그날 심드렁하게 살았다고

시작도 끝도 안녕이듯이 안녕하게

그리하면 족하지

내일의 거울 오늘을 본다

흐릿한 하늘

고생했고 수고했다

앞으로도 좀 더 애쓰며 즐겨 살아야지

담대하게 진솔하게 화끈하게

심기일전(心機一轉)

12월 31일 (토)

48

사랑합니다 1

무거운 어깨 무거운 눈 들어올리며

주머니에 손 찔러 넣고

따스한 핫팩 온기

사랑합니다 사랑합니다

어제 못다 한 울음 다시 울먹이지 말고

많이 아프다 푸념도 하지 말고

갑갑하다

어쭙잖은 생각들일랑

추위 가득한 길에 던져 두고

어제의 근심과 내일의 막연함을 벗어내

오늘을 가지렵니다

오늘은

또 다른 새 아침의 새로운 날

희망의 광기를 깃들여

행하고 더 행하여

많이 사랑하고 사랑하려 합니다

한 해, 마지막 목요일입니다

12월 19일 (목)

11월

—

겨울은 아직 오지 않았네

사랑합니다 2

정저지와(井底之蛙)
도림동 안의 하늘을 봅니다
서너 마리 새 날아가고 청명한 차가움
높은 아파트 몇
고만고만한 건물
다닥다닥한 다세대 연립 단독
색 바랜 가로수
포도(鋪道) 위로 종종이는 비둘기
자전거를 타는 이
가방을 메고 걷는 이
버스 창에 보이는 이
유치원 노란 차량과 다양한 차들
귀 쫑긋하지 않아도
부산스러움 없이
자작자작하게 들려오는 소리
이유 없이 그냥 사랑합니다
일만 이천 봉 금수강산
탐하지 않을 수 없지만
이리 살아가는 있는 그대로

흘러가는 이곳

재채기 살짝 참고…

감사합니다

11월 2일 (수)

아무렴

아무렴 어때

소주향이 남아 찌질한 모습을 털며

버거워 보이는 생의 한자락

여과 없이 던저낸

진심 어린 취중 한숨이야

어찌 되었건… 어쩌라구… 이미 지난 사(事) 던지고

아무렴 그게 나인 걸… 그렇고 말고

다듬는 몸 매무새

보슬한 고소운 내음 풍기는 햅쌀 밥

역시 묵은 쌀은 아닌겨

햅쌀의 풍미는 이런 거야

낡고 묵은 지난 생각 서랍에 쟁여 놓고

새롭게

든든히 챙겨 먹고 입으며 가야 하지

늘 가고 있던

가야만 하는

나만의 길

이쿠 부릉부~~~르르

금방이라도 꺼질 듯한 오토바이 시동 소리

생각보다 잘도 가네

11월 3일 (목)

늦꽃송이

오지 않을 내일

내일을 기약할 수 없음을 아파해야 하는 사람들

별 탈 없음의 하루에 안도할 수 없는 동감(同感)

생존의 틀은

감사하면서도 애잔함을 담네요

낯선 이들이 낯설지 않게 다가와

가슴에 닿아 내리며…

닫아도 자꾸 열리는 리모컨을 끄고

문을 열자

크고 넓은 환한 빛이 들어올 줄 알았는데

흐린 건지 안개인지 뿌연 하늘

십일월의 첫날 아침

마음이나 크게 활짝 열어젖혀 봅니다

팔 쭉 펴고 어깨 들썩이니

뒤늦은 늦꽃송이 하나

저만치

때를 잊은 듯

못내 피어 있네요

11월 1일 (화)

체기

더부룩 덜컥 체기가 다가왔다

팽팽해진 복부를 어르며 "참 욕심도 많구먼"

과하게 그리 뭘 그리 챙겨 드셨나

등 두들기며

손가락 동여매 톡 손을 따면 붉은 피

부대낌이 가라앉을 텐데

혼자임의 설움이

불한당같이 추위와 함께 급습합니다

누구, 이럴 땐 꼭 없다니까

필요할 때

아님 무가 소화제라는데

잘 익은 총각무 한 입 깨물면 좀 나아질려나

괜시리 꿍시렁 꿍시렁

찬 공기가 아침을 휭 하니 자리합니다

밖을 닮아 가는지

그날 그날 날씨에 휘청이며

들쑥날쑥

몸도 마음도

- 따스하게 구수한 보리차 먹어야겠습니다

11월 4일 (금)

토요일, 아침 일상

게으름 한 자락 펼쳐
볕드는 창가에 기대어 앉습니다
다르게, 오늘은
늘어진 일상을 가고픈 토요일
부스스 잠에서 깨어
주섬주섬 대충 그 차림 그대로
이런들 저런들 느릿느릿
있으면 먹고 없으면 건너고
없네
물 한잔 들이켜고
멍한 눈을 들어
보고 또 보고 그래도 좋은 금빛 햇살
여미어 온 겨울 공기에
단풍이 젖은 가을빛의 나무들
그 사이 노오란 은행나무가 없다
없네
은행나무를 보러 나가야겠습니다
어느 새인가 길가에 사라진 은행나무
허한 가슴 십일월의 황금빛 찾으러

뭐하누

이러고 논다

11월 5일 (토)

월요 찬가(讚歌)

너른 운동장

저기 저만치 건물이 이고 있는 연붉은 광이

칠흑 같은 어둠을 밀고 밀어

빛을 들이는

동이 트는 새벽하늘

열아홉 번째 절기 입동(立冬)

날이 춥지 않으니 올 겨울은 몹시 춥지는 않으려나

마파람 불어 비 온다는 소식이 있기는 하지만

글쎄 이는 공기는 서풍일 듯

서풍, 갈바람이 일면

쾌청함에 부단한 김장 준비를 하겠죠

걸음을 더 힘껏 내딛습니다

양 손에 떡을 쥔 듯

"주먹 쥐고" 동요 한 가락을 읊으며

주먹 쥐고 손을 펴서 손뼉 치고 주먹 쥐고

또 다시 펴서 손뼉 치고

두 손을 머리 위에

해님이 반짝

해님이 반짝

해님이 반짝 반짝반짝

11월 7일 (월)

자식을 위하여

하늘이 그래

뭉실뭉실 구름이 피고 먹구름도 끼고

때론 화가 나 천둥이 치고

아닌 듯하면 번개를 들어

번쩍번쩍 정신이 들게 하며

아픈 매질 뒤

애잔한 구슬픈 사랑에 그리 울고 울어

대지를 꽃피우지

늘 맑은 날이 이어지면 어이해

거친 모래바람만 불지 않을까

우리도 그래

온갖 감정에 들고 붙고 싸워 가며

갈라지고 부서지고 아파하며

이래도 될까

그럼 그런 거지

알아서

알아서 잘 가고 있는 거겠지

도림유수지 장미길

장미 봉우리가 올라오네

한두 일만 지나면 꽃이 피겠는데

이래도 되나

십일월의 차가움이 없네

11월 8일 (화)

웃짜 웃짜라 웃짜짜

"웃기고 있네"
종잇조각에 걸친 쓰인 한마디
구차한 변명
넌덜머리 나고 진저리 치도록 신물이 나는
징글징글한 정치
덩더쿠 덩더쿠
입도 삐뚤 코도 삐뚤 탈을 쓰고
연지 곤지 찍은 소무가 노장 앞에서 춤을 추듯
탈춤을
마당놀이 한 판을
웃짜 웃짜라 웃짜짜
뉴스에 덜컥 걸려 버린 아침이 말합니다
보고 즐기면 그만이지
다 내려놓으라
하지만 해학과 풍자가 뒤통수를 한 방 치네요
늦가을
이 풍치(風致) 잘 보라고
그냥 있는 것은 없다고
해거리를 하는지

감나무에 까치밥이 없네요

11월 9일 (수)

늘, 이 자리

어둠 가신 새벽

동이 터 오는 하늘에

보름이 지나가는 진노랑빛 달

AM 6:30

아직은 아냐 아닌겨

늦모기 쫓아내며 노란 은행잎 품어 떨구며

여남은 아쉬움을 달래려는지

밝게 환히 웃네요

"사라짐은 없어 늘 그 자리에 있을게"

일상을 살아가는 거

일상 속에 일어나는 온갖 감정들

나, 내 것이고 내 몫인 걸

어떤 변주곡을 겪어

게우고 지운다고 사라질까

차고 기울어 가며 아침을 맞는

낯설게 훤한 달을 바라보며

늘, 이 자리

있어야 할 그 자리, 나만의 生

불성실의 도피로 사라지지 말고

그래 그리

알뜰살뜰 씩씩 살아가야지

가래떡 구울까, 아님 과자 그래도 11일인데

11월 11일 (금)

생각 없이

생각이 좀 짧았나

호박과 표고버섯 양파를 썰고

된장 한 스푼

홍고추를 엇쓸어 웃기로 얹히고

뜸이 드는 작은 솥단지를 보니 진듯하다

방금 씻은 쌀이기에 물을 좀 더 넣었건만

괜한 사족을 덧붙인 듯하다

전기밥솥을 이용할 만도 하건만

보여지는 거

유리뚜껑으로 몽글몽글 익어 가는

뚝배기에 부글부글 끓어 가는 아침 향이 좋다

생각을 때론 멈추어

고요히 보고 또 보고

그리 당연한 듯하여 마음이 자연스럽다

하늘을

이 가을을

오늘은 더 보고 봐야겠다

생각 없이

11월 10일 (목)

나의 하늘은

말없이 그저 하늘을 봅니다

온전히 나를 살아내느라 부득부득

여태 살아 공들여 온 게

이만큼의 소소한 작은 것일지라도

그 소소함이 전부가 되고

그 작음에 울고 웃을지라도

내가 지고 나르는 삶은 헛되지 않았음을

나의 하늘은

오늘의 하늘은 구름 잔뜩

단비가 되어 내리려나요 이 가뭄에

예쁘게 이쁘게

모자란

아름다움은

저 고운 단풍에 담아 봅니다

11월 12일 (토)

시몬, 너는 아느냐

"시몬, 너는 좋으냐 낙엽 밟는 소리가…"
젖은 낙엽이 포도(鋪道)에 가득합니다
우리도 언젠가 낙엽이려니 말하는
구르몽의 쓸쓸한 시구절이
붉게 노랗게
좋음으로 멋짐으로 그려지는 건 왜일까요
관종처럼 남의 꿈을 살고
남이 꿈꾸어 놓은 세상을 벗으며
내가 꾸는 꿈
나의 꿈속에 담겨
꿈같은 현실을 바라봅니다
먹구름,
단비 내린 짙은 가을빛 여남은 도심
저기 길고양이 흠칫 눈치를 보며
집사들 인간들이란 참
거리두기를 합니다
네가 알겠니… 그래도 남들과 함께하는
같이 살아가는 살아온 흔적이 얼마나 빛나는지
추풍낙엽(秋風落葉)

나뒹구는 낙엽이

지금도 얼마나 아름다운지

11월 13일 (일)

조금 더

우리가 조금 더 가졌으면 하는
부족하다고 느끼는 것들
정말 충족되지 않은 걸까
더 더 욕심은 아닐까
생각해 보면 부족함은
놀고 즐기며 감사함을 느끼는 여유가 아니던가
노는 것에 가혹하게 짓눌렸던 학창시절
휴일을 끼고 명절도 걸친 시험기간
방학은 숙제로 가득하고
휴일을 명절을 봄철 파릇한 풀 내음을
가을 단풍을 맘껏 즐기게 두지 않은 억압이
이어져 사느라 바빠서…
에휴
머리에서 가슴으로 가슴에서 발로
짧고 긴 밝고 좋은 출근길
하늘에 가을 나무에 단풍에 저 새들에게
씽긋 문안인사를 하며
월요일 흐린 구름에게 말을 겁니다
첫눈이 오면 좋겠네

눈이 올 것 같아 내 맘에 내 눈에

에라 만상 대신이야

11월 14일 (월)

가을 무

망설임

가도 오도 못 하는 늦어짐의 시간

이토록 어물어물 서성이는 우유부단의 계절

겨울도 가을도 좋은

그래서 더 좋을지 모릅니다

칼로 무를 베듯 단칼에 싹둑 썰어

반듯한 김치를 담기도 하겠지만

무 하나 씻어 놓고

가을 무 꽁지가 길면 겨울도 춥다는데

어 기네 추우려나

아랫부분은 매운맛이 강하니

어묵탕으로 남기고

두툼한 뱃살은 단단하니

섞박지나 그래 깍두기나 담고

파란 윗부분은 단맛이 드니 그게 무생채를…

이런저런 단상을 담고 이럴까 저럴까 하며

아삭 한 조각, 역시 무는 가을 무지

아 무채를 썰어 밥에 얹어 놔야겠다

간장 양념이나 해야지

가을 가뭄이라는데

이런, 날씨도 오락가락 또 흐리네

비는 안 올 듯한데

아침이 너무 길었나

11월 15일 (화)

수요일, 출정식

헬스장에서

찰진 땀을 흘려가며 가꾼

폼새 나는 그러함이 없어도

삶의 질감이 있는 그대로 드러난

자연산이더이다

죽자 살자 노동의 땀을 흘려가며 만든

얼핏 보면 그리 대단할 리 없지만

적절한 군살이 배기고

고삐도 죄어 가며 살아온

내겐 참

대단하고 대단한 육신(肉身): 삶이더이다

지난 밤 거친 빗줄기 멈추고

해가 뜨다

목에 힘주고

어깨를 들어올리며

귀한 몸 자연산 납시옵니다

수요일, 오늘의 출정식

지극하게 보듬고 보듬어 봅니다

나를 존중하여 사랑하려

그리하여 남도…

11월 16일 (수)

이 남자, 목요일

하찮은 일상

목에 걸린 가시처럼

좀처럼 편하게 놔두지 않은 상념들이 차와

라디오를 켜고

발걸음을

손을

어깨를 들쑥들쑥 온전히 움직여 봅니다

리듬을 타고

몸치라 그 둔함이야 어이하랴만

이 남자, 목요일

좋은 날이어야 하지

하며 가벼이 맘보춤을…

마주 오는 하루

그래

더없이

얼쑤 얼쑤

좋구나

11월 17일 (목)

무독(無毒)

일어나 물 한 모금

하루의 포문

거창할 리 없는 일과

낡은 닭장에 인심 어린 듯 빛이라도 들면

더없이 감사함을 담고

서글한 미소를 지으며 기지개를 쭉

정성과 진심

그만한 것이 있을까

뚝배기 가득

아줌씨의 맛깔난 조식 준비

가을 잎이 떨어지듯

인정(人情) 듬뿍 담긴 정이 뚝뚝 떨구는 하루

좋은 시작

쭉~쭉 늘어지게 치~즈 아니 김~치

활짝 웃으며

11월 18일 (금)

이른 아침에

새벽이 늦고

차가운 바람이 자리한 동쪽 하늘

그믐달이 어스름히 비친 마른 잎가지

돌부리가 큼직해 쉬이 움직이지 않거나

알갱이로 잘게 부서져 소리 없다면 좋겠지만

작은 흔들림에도 자잘한 떨림

가을의 끝이 오는가

사위어 가는 별에 단풍이 못내 잎을 떨군다

가을볕을 받은 먹감 검게 익듯

검버섯이 얼룩하게 피어 오르면

가뭇없이 내려놓으려나

훌훌

끝내 못 놓았던 집착

옭아매었던 일들

속절없이 꺾인 아픔

토요일,

시린 하늘에 던지운다

11월 19일 (토)

일요일, 그 고요함

일어나 씻고

해를 받아 들고

모락모락 김이 오르는 커피 한잔

손바닥에 찾아든 따스함

코끝에 와닿은 향기

무얼 바랄까

바람도 생각도 마음도 다 접으니

눈 안에 차오는

늦가을 볕이 잘 드는

전깃줄에 앉아 꾸벅이는 비둘기

단청빛 든 세상

고요를 따라 평화가 다가옵니다

무겁게 달고 살아 온 잎 다 떨구고

여남은 미련도 놓고

가벼이

한없이 가벼이 빛에 물듭니다

저기 뒷짐 진 사내 하나 걸어갑니다

11월 20일 (일)

늦가을님

몸 성하자고 걷고 또 걷다 올려다 본

아침 동쪽 하늘

차갑고 새침데기 새색시 같은 여린 그믐달이

포근히 무던한 정을 드리웁니다

어이, 십일월이 맞는가

아껴 두고 쓰지 않음은 아끼는 게 아니고

아낌없이 풀어야 할 때

써야 할 때 써야 함을

늦가을이 모르지는 않을 텐데…

어디 갔는가… 차가움은

봄빛이 그리워도

하고 싶어도 그만 두어야 할 때를 아는 거

귀찮고 힘들어도

해야 함은 하는 멋짐을 보여 주어야지

늦가을님

입동이 지나 내일이 소설(小雪)인데

왜 그러시나

이쿠, 가스불에 얹힌 밥이 타겠네

그만 걷고 들어가야지

아침을 들고 출근

하여야 함을

아낌없이 하루를 재미지게 풀어내기 위해

11월 21일 (월)

그림일기

첫눈은 없을 듯하고

소설(小雪) 날 찬 비 내리우면

가을이 가려는가요

떠나는 이

보내는 이 애달픈 집착을 접고

둥지를 틀 새로운 계절을 맞이해야겠죠,

늦었지만

한 해도 달포 남짓

두어야 맛이 나는

묵힐 것들 담으라 합니다

오늘, 김치의 날

별별스러운 날 다 있죠

별 볼일 없는 세상 별빛을 보라는 듯

수고스럽더라도

좀 챙기고 쟁여 두어 나누고 가라 합니다

눈이 그리운 흐린 하늘

푹 삶은 앞다리살 김장김치 쭉 찢어 얹으면

남부럽지 않은 지존(至尊)

더없이 존귀한 하루

별이 뜨나요… 엄지 손 치켜들고 "굳"

11월 22일 (화)

좀 천천히 가라

어제 아침과 오늘 아침 사이

덥다 춥다 변곡의 춤 가락이 열댓 번

오락가락하는 이 내 몸

어느 장단에 맞추리까

사지육신을 받들고 이고 살아가는 시기

멀쩡한데 다 아프다

홍조를 띄우며

중2병도 사춘기도 넘어 갱년기도 결국

고목(古木)에 깊이 박힌 옹이처럼 자리하는가

에고 꽃무릇 가득한 도솔천아

이 한 몸 어디 온전한 곳이 있으랴만

마음이라도

편히 대청마루에 앉히고

처마 끝 추녀에 달린 구름을 본다

꽃은 잎을 그리고

잎은 꽃을 그리워하는 상사화처럼

어긋나 내 아뿔싸

그대, 그리 힘겨워함을 몰랐나 보다

미안하다

세월, 동상(同生)아 힘들다 안카나

좀 천천히 가라

우리 님 버겁다

11월 23일 (수)

억세게 운 좋은 놈

깨어남으로

하루의 신호탄을 쏘고

말합니다. 오늘도 잘 일어났으니

"억세게 운 좋은 놈"

잠들기 전까지 온전한 행복 찾기

마음대로

하고 싶은 대로 무엇이든 되는 낙원이야

망상장애 환자가 될 수는 없고

자신의 삶의 가치

질긴 운명과 연(緣)을 이어 가는

나름대로의 현실 놀음

머리 위엔 푸른 하늘

발 아랜 디딜 땅이

늘 있어

그지

쌀쌀한 늦가을 볕이 내리네

제법 찬바람도 솔솔 부니 챙겨 입고 아자!

11월 24일 (목)

밥은 먹었나

싫어 일어나기 싫어

이불 끌어안고 늘어지다

덜컥, 이건 아니지

밥 묵고 출근하자

단순하다 허나 어렵죠

오늘 따라 괜스레 나무늘보가 되고픈 그런 날

좀처럼 편하게 나를 놔두지 못함은

등에 짊어진 먹고 삶의

생/활/인

길가 돌부리에 걸려 넘어진 듯

하루가 버겁다고 느끼는데

막상 문을 나서니

이런

불성(不誠)스러움 같으니라고

이놈~ 산뜻한 햇살이 호통을 치네

아침이슬 젖은 도심 향

발걸음 가벼이

으랏차차

밥은 먹었나? 하믄 하믄

11월 25일 (금)

89

정(情) 하나

비 그친 뒤 찬바람 몹시 부는 아침
따뜻한 쌍화차 한 병을 선물받고
훗훗, 풋풋한 정을 담습니다
푹 고은 사골 곰탕의 텁텁함에
향긋이 뿌려진 파 내음이랄까
하루의 향취를 풍기며 입맛 돋우는
가벼운 작은 손길
초겨울 마음에 우려 낼 국물은
온정(溫情)
그러함일 겁니다
생에 그악스럽게 매달려 가다
춥지, 누군가 건네준 핫팩 하나
너도 춥구나
빙그레 함께 전해 가는 동질감
깊이 우려냄 없어도
국수 한소끔 말아 먹을
금세 끓인 맑은 장국 같은
부담 없는 가볍지만은 않은 진솔함
정(情) 하나

아니 아니 하나 말고

하나하나 두둑히 배불려야겠습니다

11월 26일 (토)

동태찌개

냅다 쳐들어온 겨울목

쓰잘머리 없는 잡다한 농을 풀고

두서없이 이런저런 이야기를 늘어놓으며

시원하다.

역시 겨울에는 동태찌개지

팽이버섯 쑥갓 콩나물 곤이 동태 몇 토막

함께 하는 밥 한 끼

이리 주어진 작고 짧은 시간

그저 이리 살고픈 이유 하나

아주 많은 시간을 가진

많은 시간을

칭얼거리며 놀고 먹고 일하며

철없는 사람으로

엉키어 같이 살고 싶다

쌓여져 가는 시간이 줄어들까

오그라드는 건 아마

나의 핑곗거리

벤댕이 소갈딱지 아닐까

"국물이 끝내 주는" 너른 어른이 될 수 있을까

일요일, 춥다

11월 27일 (일)

비는 소리가 없죠

이제 그만 어둠을 내려놓습니다

빗줄기는 소리가 없듯

부딪힌 마음 조각을 흔든 소리는

결국 내 소리였음을 나였음을

강으로 숲으로 스며 가야 할 비가

상 입고 낡은 슬레이트 지붕에 내려와

그르렁 우두둑 소리를 비가 들었던 것일 뿐,

못 자국 사이

틈새를 비집고 떨어지는 비는 그쳐 갑니다

날이 밝아 와

어둠이 와르르 내려앉듯

몸을 적시운 빗줄기도 사라지겠죠

십일월도 지나

어느새 조금 지나면

눈시린 눈꽃송이가 내려앉겠죠

바람이 부네요

저기 옥상에 매달린 빨랫줄이 흔들리고

바닥에 고인 물이 파르르 물결치네요

삼/매/경

비 먹은 도심 풍경에 푹 젖어 갑니다

11월 29일 (화)

내(我)… 일이야

마트에 온

꼬마가 말했다

새우가 허리가 아파요

몰랐다. 고래 꿈을 꾸느라

새우 등이 굽어 가는 것을

바다를 품고 하늘을 탐해

숫구쳐 오르려 물밑 발돋음 한답시고

잊고 지우고 있었다

경전하사(鯨戰蝦死): 고래 싸움에 등 터진 새우

바다에는 고래만 사는 것이 아니란 걸

험한 바다에 살아남는 게 아닌

'함께 살아가는 거'라는 걸

안쓰러이

자신만 바라보고

자신만을 위해 있지 아니했는지

매섭게 추운 날,

겨울이라 추워야 하는데

안타깝기 그지없이 나를 봅니다

얼마나 주위를 바라보고 있는지

팩에 싸여진 허리 휜

냉동새우가 붉게 째려봅니다

이제 12월이 오고 있어

내 일이야. 그리고 하여야 함은 내(我)··· 일이야

11월 30일 (수)

작은 미소

낙엽

가는 길

목이나 축이고 가라 하네

바스락 마른 기침 잘 거두고

하(夏) 세월 잘 놀았으니 다 잊고

대지, 그 엄니 품으로 잠이 들라 하는데

빗물 내음 가득

겨울 오느니 싫더니

뭐 그리 섭한지 기웃기웃

농익은 가을빛이

다시 푸근히 넘실거리는 아침

강추위 온다는데… 이런… 피시식…

하긴 기약할 수 있는 게 있던가

그저 열(熱)과 성(誠)으로

살아갈 뿐인 걸

작은 미소 하나 던지웁니다

살짝쿵 그대도 웃어 주겠지요

11월 28일 (월)

10월

–

가을빛 풍성함을 담고
쓸쓸함은 두고 가지

단풍 드네

애쓴 보람으로

땀 범벅이 돼 버린 생을

꾸역꾸역 세월에 구겨 담습니다

살아온 땀 내음 어떠할지 눈물겹지만

냅다 시월의 하늘에

아무렇게나 던져두고

시월의 첫날을 맞이합니다

바보입네, 그려

히죽히죽 뭐 그리 좋다고

몸에서 뚝뚝 떨어지는 헐거움

무표정의 무뚝뚝함을 벗으며

멋쩍게 웃습니다

그런 거 아니겠니

이 가을

누렇게 떠가는 잎들이 우는 걸까

엽록소에 가려졌던 자신의 색을

꽃피우는 거 아닐까

단풍 드네

방글방글 나도 드네

10월 1일 (토)

투박한 빗줄기

투박한 빗줄기 한두 점씩 도심을 찍네요

시(詩)라면,

안녕하시게 잘 오시게나 하고

매끄러운 운율을 담아 보겠지만

뭔가 아무 이유 없이 차오는

답답하게 체한 듯 껄끄러운 일요일

툭 하면 가슴 한 곳 버럭버럭 화를 낼 듯

브이하고 있는 태극기 두 장

잦아진 바람에 늘어져 있네요

전봇대에 담긴 잔상으로

하늘이 열리고 있다고 말합니다

누룽지 꺼내 끓여 아침을 대신하며

낯선 이질감의 마음 부여잡고

달이 지고 별이 지고

이리 찾아온 하루

커피 한잔에

그래,

다 그런 거 아니겠니

온전한 이 일요일 미소를 담습니다

10월 2일 (일)

밥, 한 끼

바람 일다

산다 살아진다

그저 그렇게 이렇게 살아진다

잘난 맛이라

뭐 내세울 것은 없어도

감내하고 이는 서늘한 바람에

긴팔 옷 내어 입을 수 있음을

어찌 감사하지 않을까

따스함을 먹고 사는 것

온기를 채울 수 있는 밥과 마음

그저 한 끼가 아닌

한 끼가 품은 정성의 맛

밥이 채운 몸과

몸이 채운 마음을 따사롭게 꾹 담는다

대충 건너고 때우고

진정한 소중함을 잊고 있지 아니한지

"밥 먹었니?", "잘 먹고 다니지"

귀에 닳은 잔소리

비 그친 서늘함에

밥 한 그릇 던진다

모락모락 하얀 김 오르는…

10월 4일 (화)

무화과

어리석은 말과 행동은

시간이 지나서야 늘 모질게 남죠

그 순간이야 어찌 알았을까요

아차 어찔함이 차오르면

뒷북이야 하며 수선을 떨죠

허나 다 그런 거겠지요

그리 모자람에 서로 묻어가는 거

그 모짐에 다치고 아파해도

그래도 좋은 건

수다스럽게 떠벌리는 사람이 있다는 거

힐끗 적정선을 오락가락 넘어가며

오지랖 넓게 이리저리 나서는

동네 아줌씨들처럼

그런 수더분함

목석같은 세상보다

옆에서 자꾸 화(火)를 쿡쿡 찔러오는… 人間

없느니만 못하다고요 글쎄요

아담과 이브가 벌거벗음에 눈떠 버렸다는

무화과 과실이 농익었네요

심심하며 밍밍한 근데 은은한 그 맛스러움

수요일 화사한 가을볕에 눈이 멀어 갑니다

10월 5일 (수)

비 오는 개천절에

꾸준하다 너
이제 색을 바꿔 부슬부슬
가을비면 가을비지
때를 잊은 듯 나를 잊은 듯
웬 봄비처럼 후덥한 공기
호랑이가 견디어 낸 곰을 부러워한다고
곰 흉내를 내는 건 아니지
네가 너일 때 참 멋진 왕인 것처럼
신단수(神檀樹) 나무 아래
나입네 "어홍"
있어야 할 곳에 내가 있음으로
하여야 할 것을 함으로
쉴 때 쉼은 쉬어야
나를 이롭게 해야지
남을 이롭게 하는 맘이 열리겠지
弘益人間 在世理化 홍익인간 재세이화라
휴일, 뭐 나를 위할 게 있을까

10월 3일 (월)

시월의 아침 향

하려 합니다

좋고 옳고 맞는 올곧은 일을

반듯한 차림새를 하고

하려 합니다

나를 꺼내려 합니다

뭘 해도 좋은 그냥 좋은 가을 아침 향기

쉬이 떠나 보내지 못하는

너덜한 마음을

까닭 모를 엄살을 다 게워 내고

곧은 강이 없듯

굽이굽이

굽이쳐 바다로 흘러 가려 합니다

사람 사는 세상

누구라도

너그러이 감싸 안고

더 감사하고 사랑하면서…

이름 모를 새들의 지저귐

시월의 아침 소리가 들려옵니다

10월 7일 (금)

보슬비 내리네

오라는 내 님 아니 오고

비님 오시어

보드랍게 도심을 보듬네

어린 백성을 긍휼이 여기사

맹그신 스물여덟 자 훈글이

우리네 삶에 스며들어 숨 쉬듯

보들보들

하고 싶은 말이 있어도

할 말 가득해도

그 마음 말하지 아니하여도

그래, 알 듯한 거

젖은 나뭇잎에

젖은 도로에

저 하늘에 묻고 가라 하네

끝내 그리 서러움이 차오르면

고치고 또 고치어 쓴 편지 한 장

서랍에 고이 접어 남기게

비님 가시면 펼쳐 보게

10월 9일 (일)

몽중인곡(夢中人曲)

과꽃이 피고

메뚜기가 여치가 방아깨비가

풀숲에서 쓰륵쓰륵 날아가고

귀뚜르르 귀뚜라미 이른 새벽을 밝히고

까치가 울어대는

아침 몽(夢)에 잠깁니다

과하지 않은 하루,

비 그친 청량한 선선한 바람

나날이 차츰 차가워지겠죠

다가오는 날들이 힘들지 않기를

간혹 어려운 시간이 와도

어둡고 축축한 구석에서

더 아름다운 소리로

자신을 알리는 곤충처럼

애써 힘씀으로

밝고 맑은 웃음을 꽃피우길

夢中人曲(몽중인곡)을 띄웁니다

시월상달의 열 번째 날에

마음을 다하여

10월 10일 (월)

수요일엔 빨간 하트를…

아침 추위가 있다고

설레발치길래

호들갑을 떨며

두툼하게 차려입고 나선 시월의 아침

소문난 잔치 먹을 것 없다더니

무한히 가벼워질 듯한 차가움

이런, 사늘하며 시원한 가을 공기

이리 좋은 걸

가라앉은 무거움 내려놓고

흠뻑 가슴을 엽니다

더 애쓰고

더 희생하고

더더더 잘살려고

무병장수(無病長壽)-우하하

마음을 설레게 하고

마음을 성찰하게 하고

마음을 아름다이 밝히는 가을

이 가을빛

지금 이 시기, 이 순간

가을이 녹기 전에

주위의 사람들이 잠들기 전에

흠뻑 마음을 열고 사랑하렵니다

수요일엔 빨간 장미를?

수요일엔 빨간 하트를 뿅뿅 날리며

10월 12일 (수)

찬바람이 부네

바람으로 왔다가

바람으로 사라지는 풀피리 소리처럼

여름이 이리 사라져

계절이 바뀐 자리

이리 고운 줄 어찌 몰랐을까

이제 알 듯해

덧없음이란 길이 얼마나 아름다운지

운명을 받아들이고 걸어가는 길

그리도 그리도 멋스럽다는 걸

햇살과 비바람 천둥 번개

받아 온 모든 것들

그냥 그리 있지 않았음을

이리 단풍 들어

나도 그럴래

헤헤실실 울먹울먹

오늘도 허허,

너무 이른 찬바람도 함께 웃네

10월 11일 (화)

추몽(秋夢)

티끌 하나 없는 파아란 새파란

구름 한 점 없는 하늘에

흰 달이 빼꼼 얼굴을 드밀고

어떠신가

살 만하신가

당신, 평안하신가 안부를 묻네요

복팔분(腹八分)이라

배는 가득 채우지 말고 조금 부족한 듯 채우라고

살아가는 북새통에

부끄럼 없이 쓸모없는

과도한 탐욕을 가지고 있지 아니한지

사는 게 꼴사납고 찌질하다고

더부룩하게 앓고 있지는 아니한지

일장춘몽이려니

가을 꿈에 추몽(秋夢)에 담겨

추한 자신을 다독입니다

잘났어 정말

그대

그럼 그럼

10월 13일 (목)

아침밥, 그 마수걸이

좋은 하루를 마주하기 위해서
조금 귀찮은 듯해도 부지런을 떨어
따슨 아침상을 차리죠
뜸이 잘 든 밥
모락모락 끓어오른 국
소담한 찬거리 두서너 개와 김치
대충 건너뛰거나 지나침 없이
그리 하는 건
마수걸이라 하나요
하루, 맨 먼저 처음으로 부딪는 일
자신에게 대접하는 첫 시작
'마수걸이를 잘해야 장을 잘 본다'처럼
오늘 하루의 시작점
쭉 그렇게 이리 따스운 대접을 받고
맛있는 하루가 계속 이어지라고
좋은 사람을 마주하기 위해서
설렘으로 꽃단장을 하듯
힘내
소중한 사람아

금요일의 만찬이 시작되었어

10월 14일 (금)

가을을 먹다

바나나에 원숭이가 달려 있다

배워서 남은 건

갇혀진 틀

조금 다르게

마트에 담긴 과일을 봅니다

단풍을 입은 단감

가을 석양을 담은 홍시

초승달을 품은 달빛 바나나

칸나꽃 핀 사과

고슴도치가 부러운 두리안

봄빛 그리운 여치 품은 샤인머스캣

모시 적삼 살랑이는 농익은 배

새색시 입술 같은 방울토마토

포도하다(죄짓고 달아나다)

탐스러움이 넘쳐난 건지 섹시한 포도

숲을 옮겨 놓은 브로콜리…

삶에 그악스러울 때가 있죠

일체유심조(一切唯心造)라

모든 것은 오로지 마음이 지어내는 것이다

소담하게 과일을 접시에 담고

감사하게 영근 가을을 먹습니다

10월 16일 (일)

뒤죽박죽

엉/망/진/창/뒤/죽/박/죽
무겁게 늘어진 몸둥이 들어
아침맞이
동이 터 오는 하늘엔 새털구름 날고
밤을 지새운 달이 파리한 얼굴을 드밀고
시시각각 채도는 밝아집니다
'좋은데 좋은 하루가 될 거야'
말은 씨가 되고
씨앗은 품고 품으면 싹을 틔우겠죠
괜찮아
참 괜찮아
그렇지 않니
다시 한번 말해 봅니다
신(神)은
언제나 좋은 방향으로 이끌어 갈 뿐이지

10월 15일 (토)

때 이른 찬바람

찬바람

김장철을 알리나 봅니다

어이할 수 없는 김치에 진심인 세대

깍두기 알타리 쪽파 갓김치에

쌉쌀한 고들빼기까지

수육을 삶고 새우젓에

김치 쭉 찢어 얹어 한 입

꿀꺽… 목젖을 진동하는 맛

때 이른 바람에

금치가 돼 버린 배추 도사를 부릅니다

무 도사 할아버지님과 함께

아직도 티격태격하시고 계시려나요

차거움은 따스함을 불러오죠

사람의 정(情)에 우려내진 국물

온기 어린 손길로 내어 낸

뜨뜻한 한 끼가 그리운 날입니다

-사골 고아 놨다. 가져가라

-김치도

외로운 거죠 보고픈 거죠

화요일 아침에

늦은 새벽

느려진 여명(黎明)으로 스며드는 찬기

냉랭함에 하늘은 높푸른 청명함

걸으며 연붉은 빛을 바라봅니다

무얼 바라는가

바람,

왜 필요하지

이유 없이 하찮은 것이 좋습니다

자질구레한 자잘한 일상

늘, 여기 이 자리에 살아가며

가슴 뜨겁게 타오르지 않아도

가슴 시린 얼얼함이 없어도

그저 범인(凡人)의 한 사람

세상은 내가 없이도 되겠지만

내가 없는 나의 세상은 의미 없죠

나의 한 세상 속엔

누군가에게 전부일 수 있는 나

없어서는 안 되는 소중한 나

덥썩

자신을 돌봅니다

화요일 오늘 아침은 뭘 먹을까

10월 18일 (화)

출근길

집을 나서면

"일주문 앞에서 진리는 하나다"

그래 길은 하나다

가야할 곳 가야만 하는 길

이리 살아 있음으로 해야 하는 출근

고만고만한 담장 사이로 쏟아지는 햇살

누군가의 손길이 닿은

큼지막한 천사의 나팔꽃이

아래로 땅으로 트럼펫을 붑니다

빠라빠라빰~ 오토바이 한 대 지나가고

발걸음을 멈칫

이봐,

할 일이 산더미처럼 쌓여 있어

그 누가 하겠지만

아니 그 누구에게 당신이 곁들면 좋겠네

시방

지금 이때 오늘

그대가 품고 안을 건

사람… 해 줄 게 너무 많은 함께하는 이들…

일하러 가자

일하자

밥 먹었니-엄니의 목소리 들려온다

안 춥네

10월 20일 (목)

아침 단상

동틀 무렵

잠이 깨어 겹겹이 닫힌 창을 여니

비스듬히 기운 차가운 달빛

잠기운을 깨우며 다가옵니다

불그레하며 수줍은 듯 하루가 오겠죠

짓궂은 도깨비 장난 같은

우두커니 서서

물끄러미 바라보다

힘껏 기지개를 켭니다

아침 채비를 해야겠죠

물가에 내놓은 어린 아이처럼

첨벙첨벙 즐겨 하며

누군가는 안쓰러이 걱정도 하겠지만

여하튼

흘러갈 거고

괜한 노심초사야 한도 끝도 없는 법

때는 오고

환한 볕이 차오르며 날이 들겠죠

10월 19일 (수)

감기

무거움이 어깨에 내려앉았다

둔감해진 부운 손을 비비며

감기약을 목에 넣고

물 한 모금

가시려나

욱신욱신

꼼짝달싹하기도 귀찮은 몸

한바탕 홍역이려나

긴 여우 꼬리마냥 살랑이려나

여튼 지나가겠지

꼭 상하고 나서야 안다니까

몸 하나 건사하는 게

얼마나 소중하고 감사한 일인지

당연한 것들

지금 지니고 있는 것들

지금 비치는 가을빛이 얼마나 좋은지

가로수 잎도 함께 콜록이네

지나는 골목 잘 이겨 내리라고

10월 21일 (금)

산책

바람 한 점 들고 나섰죠

새하얀 구절초가 보고 싶었습니다

새벽녘

장독대 뒤 정한수 떠 놓고 빌던 외할머니

아궁이 지피시던 외숙모

어렴풋이

떠오르는 풋내음을 찾아 거닐다

들국화 무리라도 본다면

땅을 우러러

감사드리려구요

하늘로 승천하지 않고

땅의 별이 되어 주심에

어머니 사랑 같은 꽃들

구절초 쑥부쟁이 개미취 산국 개망초…

대책 없이 좋아서

마냥 좋아서

그리움을 묻고

서러움을 덮고

늘 있는 좋은 일 하나

이리 감사히 받아 갑니다

10월 22일 (토)

상강(霜降)

서리가 내리고

부지깽이도 바빠서 덤벼드는 상강(霜降) 날

흰 서리 앉은 머리마냥

그래 입맛도 닳아 가나 보다

새우젓에 마늘과 고추가루 넣고

청양고추 잘게 썰어 섞어

흰밥 한 수저에 얹어 한 입 가득 채우면

와우, 짭조름하고 알싸하며 투박한 맛

이 맛이지

뭐 있겠나

가을 풍경도 좋고 나들이도 맛집도 좋은데

편한 집에서 느긋이

익숙한 노(老) 함에 길이 들어가는 건가

옛 빛깔 나는…

낡고 닳은 고물

구닥다리가 되어 가면 좀 어때

물론

고집불통 뭐 그런 거 말고

고풍스러운 멋스러움

너그러운 여유 넓은 관용으로 나를 채우지 뭐

볕도 익었는지 황금빛 아침이 드네

콩나물국이 시원하다

10월 23일 (일)

납골당에서

꽃 한 송이 들고
술 한잔 부어 올릴 수 없는
무덤 없는 납골당에 있습니다
아버지
아버지도 그랬겠죠
그리 안쓰럽게 바라보셨겠죠
군대 간 아들 녀석
다 컸네 하면서도
이런 저런 스산한 감정들
언젠가부터 전부가 돼 버린
삶의 끈이 돼 버린 식솔들
몇 날 첫 휴가랍시고 나왔다
다시 강원도 부대로 보내야 하는 날
당연한 일들이 그리 쉽지 않은 건
괜한 노파심이겠지만
차갑게 내려앉은 가을 머금은 찬 이슬이 못내
가슴에 와닿습니다
아버지, 편히 쉬시려나
가슴 아려 어찌 계실까

아직 미덥지 않은 이 자식을 두고

10월 25일 (화)

월요일

항시 활기찬 모습으로

호탕한 다정함을 웃음기를 머문 사람이 있죠

피에로가 늘 웃듯이

문득

빨갛고 거뭇거뭇한 화장을 지우고

산다는 것은

조용히 속으로

우는 거라고 말할지 모릅니다

울고 웃음은 매한가지라며

그래도 웃는 게 약이라며

입꼬리를 붉게 그리고 또 그릴 겁니다

좋은 게 좋은 거

아니 좋은 보약 웃음 한 첩 지으려고

가을 찬바람이 이는 월요일

흔들리는 가로수 잎들

냉랭한 아침 빛

잘 챙겨 입고

오늘도 으싸으싸…

10월 24일 (월)

그날이 그날

그날이 그날

어깨에 힘을 빼고 그날을 맞이하고

애쓰지 아니하여도

하여야 할 일들은

어느새 그리 하여집니다

습관처럼 길들여진 아침 일상

출근길

밉살스럽도록 좋은 햇살

지독히 평이해서

낡아 가는 계절이 아름다운 걸까요

달래고 어르고 할 것도 없이

있는 그 자체

있음으로 누릴 수 있는

각오도 다짐도 되뇌일 필요 없이

아무렇지 않게

아무런 생각 없이 뚜벅이는 걸음 하나하나

안온(安穩)한 오늘

10월 26일 (수)

열심히

지금 이리 살아감에

열심히 하려 함은

다른 그 무엇도 아닌

이왕지사

하려 한다면 해야 하는 길이라면

열심히 하는 열심히 사는 재미가 있어서요

그래야 하는 이유가 뭔지

왜 그리 해야 하는지는

저만치 던져 두고

빈둥빈둥 시간을 허투루 보내기엔

열심히 하는 그 만족스러움이 더 크니까요

때론

어렴풋이

단풍 도시락 고이 준비해서

가을 풍에 담긴 시월에 묻죠

오늘 놀고 먹을까

지금 우리 잘 놀고 있는거지

열심을 다해서

좋은 그런… 좋은 거

- 금요일이 자작자작 속삭입니다

잘되던 잘 아니되던 열공(熱工)

열심히 살자 열공을 풀어놨어요

만족, 자족(自足)스럽게

10월 28일 (금)

총각김치를 담으며

가을이 깊으면

거기, 겨울이 숨어 있으려나요

내일이 당연히 올거라

어서 어서 시간이 흘러가기를

눈꽃을 품어 안고 숨죽여 기다리면서

앞선 사랑에

너무 빨리 달려와

서둘러 지나쳐 버렸던 순간들을 멈추어

나중에, 조금 더 있다가

미루어 두었던 계절을 거닐어 봅니다

오늘의 가을, 그 진가

총각무 다듬어 소금을 뿌려 놓고 창문을 여니

노란 은행잎이

알 수 없는 먼 곳으로 돌아가기 전(前)

놓칠세라

신을 꺼내어 신고

덧없고 부질없는 길이라도

널려진 가을빛을 쬐러 나섭니다

부디

너무 쉬이 빨리 절여지지 않기를

한두어 시간

동네 한 바퀴 쓱 돌고 나면 아삭함이 있게…

참, 하늘이 깊네요

10월 29일 (토)

발 쭉 펴자

발 쭉 뻗고 살자

세상 살기 참 어렵다지만

가지 끝에 한 줌 햇살 담고 담아

저리 물든 단풍처럼

햇살 하나 가슴으로 옮겨 심고

눈이 먼 사랑을 하며 가자

도토리 쟁여 놓은 다람쥐

잊을 건 잊어 그 도토리 싹을 피어 숲을 이루듯

시월의 끝자락

잊고 지우고 게울 건 게워 내며

앞산 뒷산 뒷마당 길가마다

꽃 피운 가을

슬픔 한 조각 얹혀

어이 그냥 보내려 하는가

이현령비현령(耳懸鈴鼻懸鈴)

귀에 걸든 코에 걸든

다 내 맘에 달릴 걸

내게,

나에게 따스한 밥 한 그릇 대접하고

하늘을 보며 발 쭉 펴자

10월 30일 (일)

어이할 거냐

갑갑한 세상

젊은 혈기 그 한 모금 마시고자 했을 텐데

어찌 그리 급히 가고 말았는가

꽃다움의 시간을 남겨 두고

그 한을 어이할 거냐

미안하고 또 미안하다

어른의 한 사람으로

무심한 하늘에

이 사태에

경악과 통탄의 아픔을 통감하지 않을 수 없다

부디

좋은 세상에서 다음 생을 맞이하길

잘 가거라 애들아

고인들의 명복을 빌며

먹먹한 가슴 안고

삼가 조의(弔意)를 표합니다

10월 31일 (월)

9월

—

구월은 노래를 해야 하지

구월을 시작하며

하려 합니다

하다 하다 다 못하는 일이 있어도

가다 말면 아니 가느니만 못하다지만

해야겠습니다

가을 빛이 실눈 뜨고 아침을 열고

햇살 사이로 바람 이는데

저만치 버려 두었던 일들

무엇을 바라 왔는지

무엇을 하고픈지 무엇을 좋아하는지

마음 열고 발품 팔아 몸을 던져 무언가 찾아가기

가을바람이 일듯

마음에 바람을 일구어

갇혀 닫힌 파랑새를 꺼내어

구월의 첫날 하늘에 놓아 둡니다

언제 설렘을 가졌었는지

더 잊혀지기 전에

9월 1일 (목)

태풍이 오는 건가요

다시금 더위가 기웃거린 아침

태풍이 오는 건가요

"짠" 하고

가을이 창문으로 넘실거릴 거라는 기대

끈적한 열기

그저 얻어지는 것이 없고

저절로 이루어지는 건 없다더니

숨 고르기이길 바랍니다

심한 재채기에

가슴 콜록이지 않도록

오기 마련인 이 태풍도 잘 감내하고

오롯이 영글어

자기다움 나다움- 글쎄 그것보다

옹골진 알찬 인간다움

인간스러운 멋진 향취가 묻어났으면 좋겠습니다

감자 앞다리살 양파 듬뿍 넣고

고추장 풀어 고추장찌개 얼큰하게 끓여 볼까요

9월 3일 (토)

마음을 주어야겠습니다

새벽바람에 흠칫 가을이 왔구나

한가위가 코앞

벌써 여름을 정리해야 할 때

실감 나지 않는 세월

계절을 갈아입고

명절 정리를 시작하며

무엇보다 이제

마음을 담아

마음을 주어야겠습니다

사위 며느리 시댁 처갓집…

가족 그리고 친지 어르신과 시누이 동생들

단어 하나하나에 알알이 맺혀진 연

가늠할 길 없는

녹녹하지 않았던 사연들

누구든 가슴에 시퍼런 멍 담고 있지 않았을까

묻지 말고 따지지도 말고

그냥 한없이 가는 거야 그래

마음을 담아

마음을 주면서

더 마음을 주어야겠습니다

9월 2일 (금)

태풍이 지나가고

찰싹찰싹
끊임없이 도로에 내리치는 바퀴 소리
여남은 빗물이 넘쳐흐르고
습한 공기로 차오르는 숨
눅눅해 무거워진 몸
이제 다 운 걸까요
마를 듯 마르지 않은 옷가지엔
여지없이
하다 만 쓸쓸한,
가슴 먹먹한 인생 이야기
눈 감고 여며 오는 바람을 받습니다
씻김 굿 한 판을 끝내 버린 듯
이제 가벼이
팔월 보름맞이 준비를 해야겠죠
태풍이 지나갔듯이 다 지나가리라
허나 그 뒷 상흔을 딛고 일어서는 건
오롯이 자신
벌떡 일으켜 세워 힘내라 힘
사랑한다

- 볕이 들어오네요

9월 6일 (화)

태풍이 온다네요

겁을 주는 건지

대비를 하라는 건지

도통

난해한 언론에 잠겨

괴물 태풍(힌남노)이 몰고 온 비를 봅니다

아래로 낮은 곳으로 그리 쏟고 쏟아 내

울분을 토하면

다 풀려 홀가분해질까요

그저 꾹꾹 담아 곰삭은 진한 된장처럼

묵혀 두면 아니될까요

숙성된 구수한 내음

어찌 높고 넓은 창 고상하고 우아한 식사가

그 풍미를 대치할 수 있을까요

일요일, 마음을 푹 가라앉힙니다

태풍도 그리 푹 가라앉으면 좋겠습니다

살아 있음은 내일이 있다는 거

청양고추에 된장 찍어 한입

와우 매콤 쌉쌀한 얼얼함이 차오르겠지요

9월 4일 (일)

그래, 잘 먹고 힘내야지

한바탕 따슨 샤워를 하고

찹쌀 팥 사다 불리고 끓여 내

짭짤하게 찰밥을 하고

김치와 구이 김 하나 꺼내 한입 꿀꺽

그래 잘 먹고 힘내야지

괜한 요령을 피우며

빠져나갈 궁리하지 말고

있으면서도

"영구 없다", "맹구 없다"

있는 거 다 아는데 눈 가리고 아웅

"나 없다", "없는 사람 취급해"

자신의 할 바를

역할을

책임을

"나 여기 있어요"

꼿꼿한 자세로 손 들고

붉은 고무통 속

불쑥불쑥 커 버린 붉은 칸나꽃이 웃네요

- 꽃말이 행복한 종말, 열정, 쾌활이라고 하네요

9월 7일 (수)

나잇값의 어른

그저 저절로 이루어지는 건 없다

삶에 굳은 살이 박히고

아슬아슬한 순간들을 넘어서

버티다 보면 살아지게 되어 있다는 거

좋은 게 좋은 거지 다 풀려 가겠지

낙관(樂觀)에 기대어

몸이 세월에 낡아 갈수록

몸의 상처와 달리

마음의 상처는 쉽게 아물어 새살이 돋는다

나잇값의 어른이 되어 가는 걸까

이리 긴 여행을 할 줄 몰랐고

아직도 남은 생이

살아가야 할 날들이 너무 길다는 거

그 인생 화폭이

잘 그린 그림보다

좋은 그림이 되어 가길 바라며

선선한 가을 아침을 맞이한다

발갛게 익은 홍로사과가 탐스러운 날들

9월 8일 (목)

한가위

빛 좋은 개살구

소문난 잔치 비지떡이 두레 반이라

겉만 그럴 듯한 속 빈 강정이라

허나, 헛함보다

귀해진 개살구

먼 길 떠나는 이들에게 담아 준

주모의 배려와 정성이 담긴 보자기에 싼 비지떡

싼 게 비지떡(왜 그리 변했을까요)

속이 비고 겉에 꿀이 흘러야 강정은 맛있는 법

명절, 겉이 실하든 허하든

다 나름의 멋이 있겠죠

한가위: 팔월의 한가운데 큰 날

한없이 정을 나눠 가시면 좋겠습니다

더없는 즐거움과 화기애애함을 소담하시면서

보름달처럼 꽉 차고 환한

만복(萬福)을 담으시길 기원합니다

9월 9일 (금)

좋은 걸

하늘을 바라보지 않을 수 있을까

맑은 가을 하늘

푹 빠져 버렸나 봅니다

푹 푹

쉼에 담겨

좋은 그저 마냥 좋은

다른 이유

다른 어떤 생각함도 없이

푹

즐겨 쳐다봅니다

이 연휴를,

이 하늘을

사랑합니다 좋아합니다 행복합니다

닿을 수 없는 저 먼 곳 하늘 아래

닿을 수 있는 이곳

그리고 닿을 수 있는 사람들

뭉게구름처럼 뭉실뭉실 수놓은 감사할 일들

좋은 걸

참 좋은 걸 알아 갑니다

9월 12일 (월)

152

다시금의 일상

다시금의 일상

여미여 온 가을빛으로

태풍으로 옅은 잿빛이 차오르는 아침

무덤한 일과는 이리 시작됩니다

한결같이

알람처럼 꼬박꼬박

그런 삼류 인생의 일과가

그럭저럭 살 만한 건

온기와 여유를 가질 수 있음은

몸과 마음이 아니라

한두 잎씩 노랗게 익어 가는 잎새를 보며

감정을 소모하고 있음을

아직 감정이 노화되지 않았음을

습관처럼 느낄 수 있다는 거 아닐까요

멈추어 바라보지 않아도

새롭고 신선하고 아름다운 일들이 넘치기에…

참새 몇 마리 조잘조잘 지저귀며

저만치서 고개를 끄덕이고 있네요

9월 13일 (화)

수요일 풍경

비 뿌리네
세월에 속수무책으로 늘어난 나이에
생기를 잃어버린 몸에
찾아든 힘듦을 다독이며
짙고 깊은 감정을 주물러 봅니다
낮은 솜사탕 같은 구름
살랑이는 바람
오가는 빗줄기와 사람들 그리고 차량들
모데라토 안단테… 조금 느리게
다를 어떤 리듬을 실었는지
한 박자 반 박자 팔분음표가 흐릅니다

♩ ♩ ♪

물 흐르듯 흘러가는 세상에
마음이 동하는 건
이리 살아가는 게지
이게 삶이지 별거 있을 수 있나
사랑, 그래 사랑

삶을 오늘을 사랑해야지

9월 14일 (수)

새끼발가락이 닮았다

도림교회 첨탑 위
흰 반달 하나 구름 사이 고개를 내밀고
물끄러미 바라본 하늘
새끼발가락이 닮았다
우기고 생떼쓰더라도 닮아 가고픈
청아한 가을 하늘
더할 나위 없이 맑은 햇살이
해맑음을 툭 던진다
좋음
산들거리는 바람
흔들리며 환하게 웃는 꽃잎들
이 가을
나도, 새록새록 힘을 돋우어야지

9월 15일 (목)

묵은지

세상 다 변한다고 아녀 아녀

많이 둔감하다고

어찌 보면 뭐 그리 달라졌을까

편하게 좋게 다양하게

외관이 뻔드르르 도심화

사는 모양새 마음새는 다 그게 그거인 걸

아님 더 각지고 모나 뒤틀려 있지 아니한지

이리 말하면

쉰세대

쉰내음 난다고 그러려나요

그럼 어때 햇김치 신김치 아니죠

푹 숙성한 군내 없는 묵은지죠 묵은 맛이 좋은…

변한 것 없이 나 이래 봬도 김치야

우리네 그리 잘 익고 익어

찌개나 찜에는 제격인 묵은지가 되어 가야지

제법 바람 이는데

칼칼함이 차오르는 김치찜이나 할까

아침, 군침부터 챙겨 가나요

9월 16일 (금)

도림천을 거닐며

안성기

반듯한 중년 국민 배우

투병 중인 요즘 뉴스 사진 한 장

잔인하군요 세월 참

여린 색색의 코스모스 강아지풀 그 뒤로

커다란 수크렁과 부용꽃이 자태를 품고

잘 다듬은 화단에 시들어 가는 장미들

장사 없다더니 세월에

가을꽃이 자리한 도림천

잘 노닐다 가고 있는 건지

두리번두리번 서성임에

꽤 나이 든 두 분이 앞서 지나갑니다

몇은 걷고 몇은 뛰고

몇은 자전거를 타고

두런두런한 세상

하늘 곱게 올라 아침을 엽니다

다정(多情)도 병인 양

잠 못 들어 하는 이처럼

별스럽게

정(情)을 가득 품고 노닐어야겠습니다

9월 18일 (일)

아직은 덥다

여름 잔영이 남아

살갗에 와닿은 후덥함

쉬이 가지는 아니하겠지만

더워야,

빗줄기에 좀 수그러들만하지 않을까

행복이 더해지는 건 마음이라지만

날이 찌뿌둥 차오고

습함이 끈적한 열기와 붙어 오면

갑갑함에 화(禍)를 콜록거립니다

별거 중에 별거인 별스러운 인생

입맛 당기는

달달하고 감칠맛 나는 뭐 없을까

그래도 사람만 한

쓴맛 단맛 짠맛 신맛 매운맛

다 갖춘 건 없을 듯

이놈의 웬수들 허허실실

밥 묵자… 수다나 떠는 일을 생각합니다

낯빛이 거묵거묵한 토요일

이날

9월 17일 (토)

가을의 월요일을 열다

창문을 엽니다

매미 소리 잦아진 자리

바람이 찾아와 가을을 던집니다

가방을 멘 아이들 가벼운 발걸음

아침을 산뜻하게 걷는 이들

초심이 그러하듯

무거움이 사라진 몸짓은 산들거리고

용트림하듯 꿈틀거리는 하루

집 나간 며느리도 돌아온다는 전어 말고

늘 있어 왔던 숨겨 둔

밝은 기(氣)를 돌이켜 들어올립니다

못다 한 못내 아쉬운

울컥 삼키지 못한 껄끄러움

못된 원(怨) 다 던지우고

아자 아자

나팔꽃이 피었구면 빠라빠라빰~

즐거움 행복이여 기상하라!

9월 19일 (월)

색칠공부

날이 밝아 오면 밤이 사라지고

꽃이 져야 씨앗이 맺히고

여름이 지나야 가을이 오듯

오고 감 가고 옴

잊고 있지는 않은지

있는 그대로는 아니되는 거

버려야 얻고

더할 것은 더하고 뺄 것은 빼고 해야 함을

열심히 색칠을 하려 합니다

있는 그대로 사랑해 줘

나 이런 사람이야

검정색으로 덮어 버리는 이런 거 말고

널푸른 저 하늘에

다채로운 가을빛을 물들여

정성을 담아 그려야겠네요

색칠공부를

마음의 무지개를

나만의 색채를 하나 두루 아름다운…

9월 20일 (화)

그리움을 묻다

홑이불이었다

어머닌

밤새 걷어 차고 내어도

어느새 온몸 감싸고 있는

솜이불이었다

아버진

밤새 이리저리 뒤척이지 말라고

지긋이 두툼하게 둘러싸고 있는

구월의 아침

간절기

겹이불을 훌훌 털어 낸다

창문 밖 담장

까치 한 마리 통통 뛰며 간다

무리를 찾아가겠지

그리움을

한 계절에 묻는다

9월 21일 (수)

가을 사랑

아침 준비 물건을 찾다

그거 어딨니

거시기 아 참 그거

그거 있잖아

아 그게… 막상 떠오르지 않는 단어

흔한 망각의 사건들 위로

'나이 탓' 재를 뿌리지 않고

살갗에 와닿는 선선함을 밑반찬 삼아

'하늘 좋으네' 깨를 뿌리며 웃습니다

뭐 그런 거 아니겠니

가을 품 저 하늘에 안겨

알콩달콩

깨 쏟아진다

꿀 떨어지네

이 계절, 짝사랑에 푹

계피향이 풍기는 수정과에

곶감 담고 대추편 고명으로 얹어

고풍스런 멋도 내 볼까요

9월 22일 (목)

추분

어느 관광지에나

즐비한 나무주걱이나 효자손처럼

고만고만한 다른 것 없는 상품처럼

눈 씻고 찾아봐도 다를 게 없는 듯한 일상

낮과 밤의 길이가 같다는

암컷을 찾는 우렛소리도 멈춘다는

더위도 끝난다는

추분(秋分)날

혹해

질긴 칡뿌리 씹는 듯한 삶

그럴듯해 보이는 일탈을 욕심을 꿈꾸지만

뭐 단맛이 은근히 차오르는 건

되돌아간다 해도 얼마나 더 잘할까

잘 살아왔고 가고 있음을 좀 위안하며

바라는 바 어찌 넘치지 아니할까

이만큼 가을걷이면 족(足)하지

토닥토닥

코발트블루: 하늘이 고우네

9월 23일 (금)

월요일 아침에

어느새

차곡차곡 쌓인 아침의 서늘함에 눌려

긴팔을 내어 입고

쌀을 미역을 씻어 불리고

삼사십 분의 여남은 시간

운동장으로 향합니다

구름 먹은 하늘

더위 엊그제 같은데 금세 이리 와 있는 차거움

몇 남은 장미

하늘의 뜻을 어찌 알까요

사람이든 일이든 다가오는 모든 것들에

다만 정성을 담습니다

길들여지고 길이들고 서로 맞물려

눈물꽃이 피고 지고 하다 보면

아름드리 뿌리내린 무언가가 자리하겠죠

적절히 불린 시간만큼

맛스럽게 보글보글 미역이 끓고

뚝배기에 담긴 계란찜이 보들보들

와우 보슬보슬한 밥

식사 끝: 이제 출근을 하려 합니다

9월 26일 (월)

마실을 나서며

까꿍

없다가 있다가

있다가 없다가 있다는 안도감

아기처럼 무구한

있다 와 뭉실뭉실 구름 낀 하늘이다

까르르르

낡은 자전거에 몸을 싣고

고여 버티는 것이 아닌

보내는 시간, 이 아침나절이 시덥지 않게 좋다

나아가고 있지만

머물러 있는 거

굴러가는 바퀴에 얹어

이미 과거가 돼 버릴 이 한철의 낭만

마실을 나선다

자연이 차려 놓은 밥상

숟가락 하나 들고 게걸스럽게 들이킨다

코스모스 살갑게 나풀거리며 말합니다

그대, 머리 싸매지 말게

9월 25일 (일)

아침입니다

새벽이 오는 것을 반겨 함은

오늘이 있음을

하고 할 일이 있음을

살아 있음의 알아 감이겠죠

눈 비비며 아침을 맞이할 수 있다는 거

짊어진 짐을 하나하나 내리며

다 내려놓을 때까지

즐겨 감내할 수 있음은

하늘 밝은 기대임

울고 웃고 다투었던 묵은 정

그리고 다가오는 정

이름 모를

인연들 사람들…

거스름한 빛이 저물며

날이 들고 햇볕이 내립니다

아침입니다

- 별이 숨네요 밝은 날 되라고

9월 27일 (화)

어리숙하게

기지(其智)는 가급(可及)

기우(其愚)는 불가급(不可及)

- 어리석은 척하는 자는 흉내낼 수 없다

악역은 어리버리할 때 재미있다

스머프를 괴롭히는

마법사인 민대머리 총각 가가멜이 있어

버섯마을엔 함께하고 뭉치고

더불어 가는 생기가 있다

실패는 늘 그의 몫이지만

하고 또 하고 해내리라는 꾸준함 하나

애잔한 부러움을 얹는다

나도 하여야 할 것은 하여야 함에

안 좋은 말을 건넬 때

심한 나무람을 하게 될 때

어버벙 어리벙벙해도 괜찮지 않을까

나의 어리숙함에

야단 맞은 다른 이는

새파랗게 질린 하늘을 보며

그래도 피식피식 웃지 아니할까

실 있는 농(弄): 우스개 소리로 얻는⋯ 실익

가을 안개는 쌀 안개라는 데 안개 낀 오늘

내 앞에도 있을 텐데

옅은 안개는 저만치서만 보이네

9월 29일 (목)

수요일, 그 일상

아무것도 하지 않은 듯한데

아무것도 달라진 것이 없는데

자리 잡고 늘 그렇게 있습니다

부산함을 떨며

요란스레 뭘 하지 않아도

그러하듯이 행하여 지고

그렇듯이 자연스레 흘러가지는 거

일이 일이 아니게

실타래처럼 잘 감겨진 일상

그 하루가

같은 듯 매일 다른 저 구름마냥

지루함이 아닌

들뜬 포근할 듯한 날을 만들어 냅니다

거뭇거뭇한 구름이 펼쳐진 오늘

수요일

하지 않은 듯하여도

으자자자…

굳은살 괜시리 박인 게 아니겠죠

9월 28일 (수)

8월

–

팔월의 한낮, 한낮의 낮잠

팔월에

팔월은 곱습니다
매미 울고 소낙비 내리고
소리 없이 핀 지천으로 널린 꽃들
살아서 내음을 내는 것들은
햇볕에 투명한 빛을 발하며
숨이 멎을 듯한 더위에
헉헉 푸름을 쏟아 내며
바람에 몸을 흔들립니다
따뜻한 봄날 햇살의 눈으로
사랑해 보렵니다
파안미소 한 움큼
팔월의 첫날,
던지웁니다

8월 1일 (월)

해 뜬다

여남은 구름이 비를 모읍니다

한두 차례 펑펑 더 쏟아 내면

지난 가뭄 다 잊을까요

깊은 울음 격하게 울먹이고 나면

힘에 겨워 아무렇지 않게 푹 늘어져

지난 아픔 다 잊혀질까요

우산을 잊고

비를 피해 공중전화 박스에 들어서

무심한 하늘을, 바보스런 자신을 서운해하다

불쑥

느닷없이 좋은 느낌

비는 오고 우산은 없고 옷은 젖고

복권이나 살까

살아지는 거든 사는 것이든

청승맞은 풍경

헌데 풋풋 웃음이 나오는 기운

해 뜰려나요

먹구름 사이로

8월 2일 (화)

다른 길

다른 길

여러 갈래 길

그 길 중 자리한 샛길이 보입니다

샛길이 주는 한적함과 황량함이 좋은 건

다사다난의 험한 일상을 벗어남이겠지요

허나 늘 그렇듯

끝이 있고 가야 할 집이 있는 것처럼

되돌아오는 길 잃지 않게

꾹 저려진 아픔 맘껏

"임금님 귀는 당나귀 귀"

가슴 맺힘 다 소리 내 샛길에 던져 두고

풀어 헤어진 마음 단단히 여미고

다른

다르지 않은 길

디디고 디뎌 밟고 가려 합니다

8월 4일 (목)

환삼덩굴을 보며

환삼덩굴이

다 덮어 버릴 듯

길가 구석구석에 자리합니다

덩달아 기대어 살아가는 이웃 초목을 넘어서

극성스러움으로 그늘을 만들고

숨을 한숨으로 막아서며

까끌한 심술궂은 잔가시로 할퀴며

우리, 여태까지

어렵게 정신없이 살아온 명줄이

허튼 삶이였지 않았을까

환삼덩굴을 닮은 듯

팔월 더위를 먹으며

이래저래

내 까칠함에 남의 긁힌 것은 못 보고

내 상처만 다독이고 있지 아니한지… 부끄럽게

매미 우네요.

팔 할을 땅속에 있었다고 울분을 토하며…

8월 5일 (금)

긍정적인 착각

눈비 올 때 이사하면 잘살고

아침에 장의차를 보면 길하다

좋지 않은 일에 덧붙인 속설을 믿어 보는 거

벼락 두 번 맞을 확률보다 어렵다고

어림 반 푼어치도 없다고 치부하기보다

복권 당첨에 맞을 거라는 착각

있는 그대로

진짜 현실을 본다면

그런 거였어/그럼 그렇지 뭐/별거 있겠어

우울함의 우물에 푹 빠지지 않을까요

착각이어도 좋은

그럴 거야 그리 될 거야 그럼

기대 그 긍정 착각의 행복감으로 토요일을

사람을 바라봅니다

희망은 가까이 늘 있고

이루어짐은 느릿느릿 왔으면 좋겠습니다

살아가는 살아야 하는 인생사 재미 아닐까요

8월 6일 (토)

안녕, 일요일

안녕, 일요일

가벼운 인사로 맛을 봅니다

무거움을 얹힐 그 대답의 기대도 없기에

마음을 비운 편한 인사

하릴없이

아낌없이 잘 써야 하는 일회용 하루

사느라 고생이 많은데

잘 부탁한다

일상의 소소한 난제가 쌓여

다 괜찮아라고 할 수 없지만

안녕하도록

언제나 웃어 보일게

굵은 소낙비 지나가네요

8월 7일 (일)

진심으로

진심이었습니다

하기 싫고 내키지 않아 툴툴거려도

싫지만 싫지만은 않은 시간들

끝내 감내할 수 있는 건

"감내하다: 어려움을 참고 버티어 이겨 내다"

그 시간이

또 다른 알찬 행복이었다는 걸 알았고

모든 것을 이겨 낼 거라는 거

뭐라 해도

입추가 지난 가을의 길목

빗줄기 뿌리고

더 거센 빗줄기가 예고된 날

끈질기게 흔들려도 굳건히 열매를 맺도록

월요일 강심장 하나 달아 봅니다

팔팔한 남은 날들을 위해

8월 8일 (월)

폭우 후에

바로 앞

가까운 곳을 보려 치켜올렸던 안경

조금 먼 밖의 풍경을 보려 제대로 다시 씁니다

핸드폰 화면 하나 매미 우는 가로수 풍경 한쪽

와도 와도 끝없었던 비 그친 아침

살짝쿵 연이어 오는 햇살

다들 건사함으로 이 햇살을 맞이했으면

만에 하나

망연자실

공이 든 탑은 무너져도

그 공들임은 늘 남아

부디

진정함으로 다독이기를

다시 생기를 찾기를… 바라 봅니다

작은 마음 하나하나 담아 내면

하늘 닿음이 있지 아니할까요

무심한 하늘만은 아니겠죠

8월 10일 (수)

다시, 여름

몇 날의 비 내음 뒤

여름 볕이 다시 그대로 열기를 드리우고

여름 향취가 돌아온 날

강산도 변하고 사람도 변하고 사랑도 변하고

하루하루 변화가 요란스럽네요

더불어

손맛이 변한 건지 입맛이 변한 건지

아침상에 놓인

곱게 말은 계란말이와 밑반찬

심심 ; 아무 맛도 없는 맹숭맹숭

여기^여보^주방장 왜 이래~

이 사람 참 나이 드니 간도 못 보네

괜한 헛소리에 매서운 시선이 뒷덜미에 꽂힙니다

아냐

미치지 않고서야 투정이라니, 이 난국에

지치도록 열심히

상사에 안사람에 자식들에 사람에 변화에 세상에 발맞추어

달아나지도 고함치며 화를 내지 말고

이를 꼭꼭 다물고… 속으로 옹알옹알…

이쿠 맛없어 맛없는 세상…

근데 왜 살 만하지

맛없는 듯 맛있는 이 심심한 맛스러움

　　그런 건가…

8월 12일 (금)

힘에 부쳐

하다 하다 막다른 힘에 부쳐

울긴 쉽지

달아나기도 쉽지

한숨과 한탄으로 절망하기도 쉽지

짜증 내 화풀이하기도 쉽지

그리 쉬이 가고픈가

눈을 감지 않고

부디 깨어 치열하게 살아야 하는 거겠지

    외로워도 슬퍼도 나는 안 울어

    참고 또 참지 울긴 왜 울어…

    웃어라 캔디야 울면 바보다 캔디 캔디야

    순정만화 캐릭터처럼…

가는 실눈에 닭똥 같은 눈물 안 어울리잖아

부릅뜬 매무새

꽉 깨문 입술

그대, 그래 자존감(自尊)

또 다시 비 예고된 토요일

내리려마 내려 내 온몸 다해 받으리니

8월 13일 (토)

아침 달

아직 저물지 않은 이른 새벽

아침 달을 바라보며 정읍사를 읊습니다

달하 노피곰 도다샤 어긔야 머리곰 비취오시라

어긔야 어강됴리 아으 다롱디리

달님 높이 떠

우리 님 오시는 길 밝게 비춰 주세요

미칠 듯이 사랑하고 아껴 다듬기

몇천 년을 넘어

백제시대 그 달덩이 미소를 봅니다

참 곱디 고운 마음이 고스란히 안겨 옵니다

이런,

달이 다 차고 기울고 기우는 때이던가

오래 묵어 푹 삭은 정, 이 웬수탱이

김칫국이나 끓여야겠군 생강 저며 콩나물 넣고

한여름의 시원한 아침

8월 14일 (일)

말복

삼복더위에는 입술에 붙은 밥풀도 무겁다

말복(末伏)-엎드릴 伏

엎드리고 엎드릴지어다

어딜 감히 고개 빳빳이 들고 가려 하냐고

힘들어 피곤해진 심신 가라앉혀 가라 합니다

나름 괜찮아 하지 말고

보신에 좀 귀를 열고

그깟 한 끼가 아닌

이제껏 잘 버텨 주는 자신에 대한 예의

보약 한 첩의 식사를 해야겠습니다

나에게도 지인들에게도

안부를 건네 봅니다

"남은 여름 잘 이겨 내세요"

바쁘다고 잊지 말고

주변인들 안부 물어 가며 챙기면서

바람이 이는 날, 가을이 묻어올까요

8월 15일 (월)

여전한 여름

여름, 여전하다

매미는 울어 대고 불볕은 여전히 따갑고

이 여름의 헌신(獻身)이

녹음에 지친 들녘을

황금빛으로 익어 가게 하겠지만

유난히 길고 더운 건

해가 지고 해가 뜨는 날들이

구름처럼 점점 더 바삐

흘러가기 때문인지도 모르겠습니다

피는 꽃과 지는 꽃의 가장자리에서

해거름의 가온에 서서

팔월의 하늘

뭉게구름을 바라다 보며

묵묵히

자지러지게 춤추며 살아야겠습니다

8월 17일 (수)

아침 밥상에서

식구(食口) 먹을^식 입^구

닳고 닳은 어휘 하나 참 좋다

젓가락질에

콩을 골라낸다고

고루고루 먹지 않는다고 혼나고

입에 맞는 음식 없다고 투정하고

언젠가 다 약이 되고 득이 되는 거라

줄줄이 사탕처럼 귀가 닳도록 들렸던

그 잔소리들

이리 치이고 저리 치이고

가슴 멍울진 맺힘이 있어도

곁에 있었음의 시간들

한솥밥의 식솔들

팔월 눈시린 햇살에

썰렁한 밥상에 그리운 정 하나 떨굽니다

8월 18일 (목)

현실의 삶이

햇빛은 감미롭고

비는 상쾌하고

바람은 힘을 돋우며

눈은 마음을 설레게 한다

정말, 그런 것은 없다 나쁜 날씨 같은

서로 다른 종류의 좋은 날씨가 있을 뿐이다

- John Ruskin

현실의 삶이

남의 일기장을 훔쳐보듯

설렘과 흥분으로 가득하다면

안쓰럽게 그랬군 그랬어 하고

모자라지도 과하지도 않게 담백하게

다정하게 다감아 안아 준다면

좋은 게 좋은 거라 다 할 순 없겠지만

덜 울고 더 웃고

오늘 아침 바람이 선선하네요

8월 19일 (금)

토요일

토요일

이 또한 지나가리라

그래 결국 다 지나가겠죠

지질한 기억을

아름다운 추억을

아린 생채기를 남기든

다만 언젠가 한 번쯤 뒤돌아보면

'나는'이 '나도'가 되고

'남들이'가 아닌 '남들도'

이어 가는 같은 이야기가 돌고 도는 거겠죠

몇몇은 무너져 절망의

몇몇은 일어서 희열의 술잔을 부딪히면서…

밤비 그치고 해 드는 오늘

인생 놀음에 자지러지게

놀아나야겠습니다

나만이 아닌 함께 더불어

8월 20일 (토)

수고의 시간

정성 어린 손길에

탐스런 과실이 익듯이

들였던 수고만큼 시간이 지나며

노력의 행실이 몸에 익어

힘들이지 않아도 손과 발이 움직이죠

자잘한 일과든 큰 일과든

움직이는 삶이 길이 들어

머리로 이해하고 머리로 말하고

당최, 뭔 궁시렁

이리저리 몸을 쓰니

집구석 환하고 깨끗해 좋네

노예 근성이려나 그럼 어때

후딱, 땡볕 내리쬐기 전 산책이나 나갈까요

8월 21일 (일)

가을이 오려나 봐요

가을이 오려나 봐요

아침나절 가을 향취가 묻어납니다

오고 감이란 이렇게 와 있는데

과거지사에 얽매어

여름을 아직 탓하고 있지는 않은지

새색시 볼 같은 복숭아 철

복숭아로 빚어진 지난 가려움을 지우지 못하면

복숭아 맛을 즐길 수 없는 법

지난 일들은

그러든지 말든지 망각에 잊혀지고

월요일 새로운 열린 맘으로

지금의 시각으로 시선을 담아

다시 출발… 아자자자자

8월 22일 (월)

귀신 씻나락 까먹는 소리

큰 애기도 울고 간다는 처서 날의 비

햇살에 바람에 이삭이 나불거리며

꽃 피고 여물어 익어야 하는데

더위는 지나가겠지만

이 비는 어히하랴

부슬부슬 하던 비 그친 먹빛 하늘

무심하다

사람도 하늘도 다

티끌 같은 세상 먼지 같은 삶

귀신 씨나락 까먹는 소리라도

해야 떠라 해야 떠라!

말갛게 씻은 얼굴 고운 해야 솟아라

눈물 같은 골짜기에 달밤이 싫어…

앳되고 고운 날들 누려 보리라

박두진님의 시라도 읊조려 봅니다

하늘아 구름아 사람아

8월 23일 (화)

때가 되면

아침을 깨운 소리들

음메 꼬끼오 사라지더니

짹짹이던 참새 소리마저 들리지 않고

아침 창을 여니 작은 하늘

웃는 건지 우는 건지 뿌우웅

차량 지나가는 소리가 귓가에 와닿습니다

때가 되어 꽃이 피고

때가 되어 가을이 오듯이

때가 되면 술술 풀리게 될까요

고개 들고 젓고 숙이고 끄덕였던 그 모든 일들이

어찌 보면 참 아무것도 아닐 텐데

두덕두덕 검은 멍을 잔뜩 안은 나리꽃이

화단 한 귀퉁이에서

부끄럼에 풀 죽은 듯 땅을 바라보네요

8월 24일 (수)

아침밥

아침밥 내음이 풍겨 옵니다

생기가 돋고 행복한 거

지금 이 순간

어제 밥은 물이 적어 된밥이었어

오늘 밥은 그러지 않을까 아님 진밥

소소한 작은 일부터

과거에 대한 우울 미래에 대한 염려와 불안

후회 한 점 암울함 한 점 담지 않고

오늘 그저 평온한 미소를 드리웁니다

지금 이 순간 이 밥 내음에…

셀 수 없이 많은 일이 있었고 있을 거고

하지만 과거사 미래사 다 필요 없이

코를 시큰거리게 하고 맑은 얼굴 드리우는 건

바로 지금 내 눈앞에 놓인 밥상

살아 있음의 별거 없는 행복을 즐겨 봅니다

바로 지금의 좋은 일을 만들어 가면서

역시 밥하길 잘했지

흐린 아침 오늘 선선하겠네

8월 25일 (목)

고맙고 또 고맙다

햇살에 가을이 묻어납니다
인품이 묻은 얼굴이 자비롭듯
옷깃에 와 닿은 가을풍
이런 좋은 날
좋은 연을 이어야 하기에
예쁜 말: 언품(言品)을 다듬어야겠습니다
고맙고 또 고맙다 그리고 미안하다
정겨움이 정감이 뚝뚝 떨어지는
예쁜 정감 어린 말을
진심을 담아
고집스레
무얼 잘못했고 뭐가 고마운데 밉기만 하다고
이 인색한 옹고집 떨구고
잘한 거야 잘하신 거예요 좋은데요
천리향을 품은 다독거림을 감사함을
예쁜 말을 정성껏 맘껏 풀어 봐야겠습니다

8월 26일 (금)

너른 하늘

이리 하늘이 넓었나

따갑지만 고운 빛으로

이젠 낯선 잠자리 날고 있네요

조금 멀리 나선 산책길

좁은 틈 좁은 도로 사이사이 건물이 없는 곳

너른 품에 안겨 봅니다

단단히 가슴앓이했던 속 좁은 일들

거머리처럼 달라붙은

끔찍하게 징그러운

증오와 미움 그리고 오해

어쩜 변해야 하는 건 자신이었나 봅니다

가을 공기를 숨 쉴 수 있음은

사랑을 받음은

이리 한 발짝 더 움직여 다가감이었는데

자꾸 고여 있었나 봅니다

어쩌라구: 더더욱 자신을 다듬으라고

하늘이 푸근히 감싸 줍니다

8월 28일 (일)

비 오는 월요일

비 오는 도심,

팔월의 끝자락 비에 젖은 도림동

미루나무 구름 걸리듯 높은 아파트

이만저만한 낡은 건물들

살아남기 위함인지

살아가는 건지

입을 막아 버린 마스크

우산에 담긴 사람들

굴곡진 인생사 다 덮고

눈빛을 비에 담아

나의 소음이

이 미학적 세상을 덮지 않도록

가만히 들어갑니다

있는 듯 없는 듯 숨을 고르며

함께 붙어 있을 때보다

서로 바라볼 때 더 깊어지는 애정처럼

8월 29일 (월)

비 오는 화요일

구구절절

마음 하나하나 털어 내 이야기를 한다고

동화되어지지 않는 건

이해가 아니되어서도 아니고

귓등으로 흘려서가 아닌

나 같으면 내가 그 입장이라면 그러지 않을 텐데

"왜 그럴까 왜 저럴까"라는 살아옴의 잣대

해야 할 것과 아니할 것에 대한 틀

노망의 아집이 아닌

견고한 생각의 바른 줏대로

흔들리지 말고 밀고 가야지

역지사지(易地思之)라 그래도 아닌 건 아닌 거지

쓸모없는 무서운 빗줄기 쏟아지는 화요일

장화를 신고

알록달록한 우산을 쓴 꼬마 지나갑니다

낭만에 대해 즐겨 하기엔…

땀 흘린 농부의 애간장을 알기에

마음으로만 그리 비를 안아 봅니다

8월 30일 (화)

엉망진창, 그래도

지난 피로에

후줄근해진 몰골을 바라보며

얼마 남지 않은 시간들

팔월의 아쉬움보다

헤헤 많았던 다반사의 일상

엉·망·진·창

망가져서 재미있다는 듯 웃습니다

눈물 나게 서러웠던 일도

다 지나갈 거고

생각대로 다 풀려 가면 좋기야 하겠지만

생각대로 되는 게 하나 없어도

그리 뭐 속을 끓여 봐야 헛한 거

때가 있겠지요

어김없이

팔월도 구월도 안녕

아무 탈 없이 편히 안녕(安寧)을 구하며

8월 31일 (수)

7월

—

바다는 넓다고 한다
나의 앞바다는 지평선까지다

일요일

타는 듯한 열기

힘써 땀 흘린

없는 자의 기도

기도밖에 할 수 없는 순간

빈티지한 스테인글라스로 비추인 햇살

그토록 감사합니다

힘

돈

권력

미덥지 못한 세상

다, 부질없는 한 찰나

"이 망할 놈의 풀" 개망초가 구석구석 잘도 피었네

바람 잦은 빈 공터에 아이러니하게도

정말 이쁘게 은은한 향기를 풍기며

오이 송송 썰어 냉국수 한 사발

시원하겠지. 땡볕 일요일인데

7월 3일 (일)

미워한다

누구나 미워한다 사람이든 동물이든 사물이든

미워하는 감정을 연습해 온 것처럼

온갖 구실을 만들어

미움을 켭켭히 쌓아 두고

끝내 입 속의 고요을 담지 못하고

상처로 가득한 혀를 내민다

탓하기

야박한 세상 야박한 사람들

그리고 못난 자신

노력했는데 최선을 다했는데 열심히 했는데…

마음을 청소하자

정말,

아쉬움 없이 그리 몸과 마음 전력을 다했는지

끝나지 않은 월요일 다시 시작

7월 4일 (월)

커피 한잔

일을 시작하기 전

인스턴트 커피 한잔

마수걸이 달콤함으로 일터 포문을 연다

소서(小暑) 작은 더윗날

밤새 퍼붓던 장맛비 머뭇거리며 서성이고

끈적이듯 달라붙는 아침 더위

힘써 애씀이 빛바래지 않게

마음을 입을 따스함으로 덥히고

슬쩍 입꼬리 올리운다

노력하고 정성을 들인 만큼

한 만큼 되돌아오지 않아도

그 노고는 남겠지

흐린 하늘 저 너머에

보이지 아니하여도 늘 해는 떠 있듯이

7월 7일 (목)

방바닥에 빌붙어

다시,

능소화 담장을 품고

꿈꾸는 걸까

내 님이 오시길

녹색저고리 다홍치마

하세월 깊고 길어

빛바랜 주홍색 치맛자락 사이

참새 몇 마리 칠월 더위를 잠재우는데

방바닥 구들장에 누워

쉼과 삶 잠과 깸을 오가며

"에라 만수 에라 대신이여

아니 노지는 못하리라"

성주풀이 한 자락

가신(家神)에 빌붙은 일요일

얼음 띄운 미숫가루 한 사발

뭘 바라… 꿈꾸는 걸까

7월 10일 (일)

작은 아침

날 맑은 월요일
중천에 해 들기까지
이다지 작은 아침 시간 속의 공간
버둥거림을 멈추고 본다
바람 한 점 없어
흔들림 없는 나뭇잎
화단에 핀 하이얀 흰 나리꽃 몇 송이
곱디 고운 햇살
칠월 볕이야 말해 무엇하랴만
땀 펄펄
거친 숨에 헐떡이는 여름
만사(萬事) 다 활짝 웃으라 한다

7월 11일 (월)

아버지란 이름으로

나를 잊은 채 달려온 날들

자식이란 게 허망한 듯하여도

아버지 놀음이 아닌

아버지 노릇이란 게

치열하게 온몸으로 부딪히고

때론 힘에 부쳐도

눈물겹도록 자신을 밀고 밀어

아름다운 얼굴로

대지에 뿌리내려 꽃 피울 자리매김을 하도록

새싹의 흙더미가 되어야 함을

어쩔 수 없는 아버지의 몫임을 알기에

벗어나고 싶은

근데 벗어나기 싫은 희극

이제야 내리사랑을 알아 가는가

그리운, 아버지

수국이 형형색색 곱네

7월 12일 (화)

초복날에

초복, 삼계탕

함께 나눌 이 없음은 외롭다

생각나는 이가 없음은 더 외롭다

이곳 저곳 저 사람 이 사람

챙길 사람이 있다는 거

나눌 사람이 있다는 거

죽을 둥 살 둥

마음이 힘들고

몸이 힘들어도

에고 도솔천아 요단강아 서천세계야

아니하지는 못하리라

수삼 대추 통마늘 찹쌀 황기 영계

정성을 들여 보자

7월 16일 (토)

매미 울다

매미 울다

더위가 여름을 덮고

살포시 내려앉은 그늘이

햇살 사이로 정겹네요

아무 생각 없이 가만히

해 봐야 할 수 있는 것이 없다는 듯

깊어진 미움을 달래며

우수수 떨어질 듯

슬픔을 먹은 휑한 눈빛 씻어 내고

문득 능청스럽게 웃어 봅니다

7월 17일 (일)

울 엄마

삶을 아로새긴 주름이 좋다

섬섬옥수 아닌

가늘고 보드랍지 못한

마디마다 굴곡이 도드라진 흔적

맞잡은 손에 울컥

온몸에 전율이 담긴다

그러함일 거다

굽이진 인생길, 그 노고

곱게 치장하지 않아도 아름다운 세월

울 엄마

장맛비 숨은 월요일 맑은 하늘

햇살에 칠칠치 못한 이 내 생이

못내 야속하다

7월 18일 (월)

깊은 아침향

매일 새로울 것 없는 일과

잠시나마

작은 시간

커피를 홀짝이며

깊은 아침향을 맞이합니다

오롯이,

벌어먹어야 하는 생활인

주어진 과제를 풀고 풀어도 남기 마련

창문을 다 열고

무겁게 달라붙은 괜한 사념 잊고

7월의 여름, 그 하루를 마십니다

거저 되는 것도 없고

억지로 애쓴다고 풀릴 리 없는 것들

순리에

도리에

아니, 하늘에 두고

7월 20일 (수)

늘 그러하듯이

늘 그렇듯이 그러하듯이

명치 끝 답답함이 콜록이면

지난 행함에 대한 부대낌

죽 끓듯 끓어오르는 헛된 욕심들

얼마나 더

많은 날들을 지내야 버릴 수 있을까

사무실

문주란이 있네

문주란 꽃을 보았네

실고추 같은 붉은 수염을 달고

흰 도포를 입고 청초한 향을 읊네

청순한, 깨끗하고 순수한 꽃이라

꽃이니까

괜한 푸념을 던지며

보슬비 축축히 젖어 가는 목요일 아침

그저 들풀처럼 잡초처럼

지갑에 넣어 둔 복권

희망이랍시고 기대어 헛물을 켜도

모진 생 부여잡고 웃으며 가야 하지

늘 그렇듯이 그러하듯이

7월 21일 (목)

살았다 싶게 살았노라고

그대 그러고 싶은가

어깨는 무겁지 아니한지

머리를 싸매고 끙끙 앓는다 해도

해석되지 이해되지 않는 불편함들

그러든지 말든지 내 안에 숨어

"나를 그냥 내버려 둬"

회피와 자·포·자·기

아님 나만 생각하기

여러 수많은 일

만사 모든 것이

그냥 오고 가는 일이 있을까

머리로 살지 말고

마음으로 다시 몸으로 부단히 살자

그 언젠가 이 여름 다시 햇살이 들면

살았다 싶게 살았노라고

힘주어 말하며 눈부신 하늘을 봐야지

7월 22일 (금)

이미 내린 비

이미 내린 비

그리고 한바탕 다시 내릴 듯한 풍경

잘못되고 잘못 흘러가는 일

루비콘 강을 건너

돌이킬 수 없다는 그 사실

그대로 받아들이고 털어 내며

담쟁이 넝쿨 담벼락 기어오르듯

스멀스멀 희망을

그 다음을 기약한다

좋은 일이든 나쁜 일이든

무한한 일들이 산처럼 쌓여

살아 있기에 살아 있는 동안 흘러오겠지

빗줄기 흠뻑 온 도심

다시 온들

푸르름만 짙어 가겠지

7월 24일 (일)

술술 풀려라

아닌 밤중에 홍두깨 소리처럼

느닷없이 불쑥

아브라카타브라

수리수리 마수리 주문을 건다

열려라 좋은 날 좋은 하루!

참깨 볶듯 툭툭 튀오른 심란함이

토오톡 고소하게 풍겨 풀려 가고

만성처럼 잦아든 아픈 몸의 일상

고되고 모진 맛없음으로 채워지지 않게

한여름 뙤약볕에 메마른 선인장마냥

가시 돋힌 날 선 말을 쏟아 내지 않게

오늘 하루, 화요일

술술 풀려라

7월 26일 (화)

잊혀 가는 것들

일상의 일부가 돼 버린 망각

열쇠를 손에 쥐고 찾고

안경을 쓰고 찾느라 집 안을 뒤지고

카드는 핸드폰은 마스크는… 비밀번호는 뭐였지

삶 곳곳에

몸에 밴 건망중의 조각들

늙는다는 불안감에

잃어 가는 걸까

잊혀 가는 건 나쁜 기억들

남겨진 건 좋은 기억이기를

잊음이야

그리 되어 갈 일이기에

느리게 더디게 가면 아니되겠니

목요일이 열립니다

이쿠 아침 더위

7월 28일 (목)

좋은 하루

차고 기우는 달처럼

피고 지는 꽃처럼

왔다 사라지는 바람처럼

급행열차를 탄 아침 시간을 마주하며

임인년 여름 언저리

칠월 뒷자락의 산책길

돌담의 능소화

부레옥잠 담긴 물항아리

그 아래 소담한 패랭이꽃

저기 저쪽 도라지꽃

길게 줄선 영원한 행복의 루드베키아

도림천 징검다리를 넘으니 부용화

여기저기 개망초

청둥오리 몇 마리 아침 기지개를 폅니다

하고 싶은 것만 보고 싶은 것만

아니 다 버리우고

소소한 주위을 맞이하며

"좋은 하루: 사랑하고 감사해요"

되뇌이고 되뇌입니다

그렇죠 그럴 거죠

7월 29일 (금)

폭풍이 온다

낮은 먹구름
폭풍이 온다
가라앉은 속 깊은
썩은 찌꺼기 다 들어내 풀면 어쩌나
고약한 악취 막아도 막아도 넘치겠지
버려진 것들
절망을 뒤로하고
누군가 주워 다시금 손질을 해야 한다
누군 다시 일어서고
누군 다시 쓰러지겠지
쓰러지지 말자
꿋꿋이
올곧게 비상(飛翔)
무지개가 저 너머로
지난 날,
버릴 것은 버려 두고
주을 것은 쓸어 담고
칠월의 하늘이 어둡다 허나 가야겠지

7월 30일 (토)